I0628046

Un Regalo
para el Alma 2

Historias para reflexionar

Un Regalo para el Alma 2

Historias para reflexionar

José M. Ventura

Aimee SBP™
Aimee Spanish Books Publisher
www.AimeeSBP.com
1(888) AIMEE 41   1(888) 246-3341

Aimee SBPᴛᴍ

Aimee Spanish Books Publisher
www.AimeeSBP.com
1(888) AIMEE 41   1(888) 246-3341

"Un Regalo para el Alma 2: Historias para reflexionar"

José M.. Ventura

ISBN-10: 1-934205-51-6

ISBN-13: 978-1-934205-51-8

Copyright © 2012 By Aimee Spanish Books Publisher
All rights reserved. No part of this book may be reproduced
in any form without written permission from the publisher.

Todos los derechos son reservados. Ninguna parte de esta publicación,
incluido el diseño de cubierta, puede ser reproducida, almacenada,
transmitida o utilizada en manera alguna ni por ningún medio ya sea
electrónico, óptico, de grabación o electrográfico, sin el
previo consentimiento de la editorial, excepto cuando se utilice
para elaborar reseñas de la obra, críticas literarias y/o ciertos usos
no comerciales dispuestos por la ley de Copyright.

Printed in the USA

ÍNDICE

INTRODUCCIÓN

Jamás nos imaginamos el tremendo éxito que el primer ejemplar de *Un Regalo para el Alma* iba a tener, tampoco esperábamos el impacto y sobre todo el cambio tan positivo que ha logrado en miles de lectores. Así, motivados por este gran resultado, te presentamos ahora el segundo ejemplar de esta serie. Espero que te guste pues cada una de las historias que leerás fueron escogidas muy cuidadosamente; muchas de ellas clásicas como *"Desiderata"* (pag. 133) o *"No culpes a nadie"* (pag. 39) te traerán recuerdos agradables.

A través de los años, los expertos en Superación Personal y Motivación han compartido al mundo lo que comúnmente se le conoce como "Secretos del Triunfo" o "Llaves del Éxito", En realidad dichos conceptos no son más que verdades universales que han existido desde siempre. La historia es la misma, lo que cambia son los protagonistas. Estos principios pudieran parecer muy básicos o demasiado simples en apariencia. Sin embargo cuando el aprendizaje y "moraleja" de estas historias llegan a ser puestas en práctica, los resultados son increíbles. Pues recuerda que el conocimiento por si solo, no te genera ningún beneficio. Es sólo cuando lo aplicas que podrás experimentar y apreciar la grandeza de este hermoso mundo en que vivimos y al mismo tiempo tú y tu familia serán más felices y exitosos.

Adelante entonces, disfruta este libro, compártelo con otros, obséquialo a alguien que lo necesite, subráyalo, y vuélvelo a leer cuantas veces sea necesario. Con fe y perseverancia podrás solucionar todos tus problemas... y si me permites contarte un "secreto"... en realidad no son problemas, son simplemente retos normales que todos nosotros algún día tendremos que encarar. La pregunta es: ¿Estás dispuesto a enfrentarlos? o ¿te das de una vez por vencido sin siquiera intentar dar tu mejor esfuerzo?... Te deseo lo mejor para ti y tus seres queridos.

Tu amigo de siempre,

José María Ventura

MEMORÁNDUM DE DIOS PARA TI

Hoy, YO DIOS, estaré manejando todos tus problemas. Por favor recuerda que no necesito de tu ayuda. Si te enfrentas a una situación que no puedes manejar, no intentes resolverla. Te pido amablemente que la coloques en la bandeja "Algo que solo Dios puede hacer". Me encargaré del asunto en Mi tiempo, no en el tuyo. Una vez que hayas depositado tu problema en dicha bandeja no te aferres más a él o pretendas retirarlo de allí. El aferrarte o retirar tu problema, sólo hará que se retrase la solución del mismo. Si fuese una situación que tú consideres puedes manejar por ti mismo; te pido, no obstante, que por favor lo consultes conmigo en oración, para que puedas asegurarte de que tomarás la decisión adecuada.

Debido a que yo no duermo nunca ni siquiera me adormezco jamás, no hay razón por la cual tengas que perder tu propio sueño en la madrugada a causa de las preocupaciones.

Descansa en Mí.

Si deseas contactarme, estoy siempre disponible a la corta distancia de una oración. Además considera lo siguiente:

Sé feliz con lo que tienes. Si encuentras difícil el dormir por las noches, recuerda a todas aquellas familias desamparadas que no tienen un lecho dónde dormir.

Si te encuentras atorado en el tráfico, trata de no desesperarte. Hay gente en este mundo para quienes tan sólo manejar es un privilegio.

¿Has tenido un mal día en el trabajo? Piensa en aquellos que están por años sin poder conseguir uno.

¿Estás descorazonado o descorazonada y triste por una relación sentimental deteriorada?... Piensa en aquellos que no saben lo que es amar y que jamás han sido amados.

¿Te entristeces porque se termina el fin de semana? Piensa en la mujer con vestidos raídos, que trabaja 18 horas al día lavando ropa ajena, a fin de alimentar a sus hijos.

¿Se daño tu vehículo en medio de la carretera y lejos de toda ayuda posible? Piensa en los parapléjicos que con el mayor gusto tomarían tu lugar y poder caminar la distancia.

¿Has notado que te aparecen nuevas canas? Piensa en los enfermos de cáncer bajo quimioterapia, que desearían tener tu cabello.

¿Has llegado a los 40 y te has enfrentado a una terrible pérdida y te preguntas: cuál es el propósito de esta prueba? Sé agradecido. Existieron muchos que no vivieron hasta esa edad para averiguarlo.

¿Te encuentras en un momento de la vida con que eres objeto de la amargura, ignorancia, pequeñez o envidia de la gente? Recuerda, las cosas ¡podrían ser peores, tú podrías ser uno de ellos!

¿Sientes que no ayudas a los demás como quisieras? En muchas ocasiones escuchar y guardar silencio resuena más que un consejo, extender una mano amiga siempre será recibida con agrado. No menosprecies la capacidad de ayuda que puedas brindar, un pequeño gesto amistoso puede impactar enormemente.

Atentamente,

Tu Padre Eterno que nunca te abandona

EL SAMURÁI

Vivía, en Japón, un anciano samurái que transmitía a los jóvenes los principios de su sabiduría. A pesar de su avanzada edad, se comentaba que el maestro era aún capaz de vencer a cualquier tipo de adversario.

Un día, llegó un guerrero conocido por su completa falta de escrúpulos y su carácter provocador. Hábil e inteligente en el ataque, incitaba a su contrincante a pelear y esperaba el primer golpe. Estudiaba los movimientos del oponente y, con una gran destreza implacable, aplicaba el golpe de gracia que dejaba al competidor fuera de combate. El joven y soberbio guerrero jamás había sido derrotado, y buscó al samurái para coronarse como el mejor luchador de Japón.

Todos le pidieron al maestro que ignorara la propuesta, pero el maestro aceptó el reto.

El desafío tuvo lugar en la plaza principal. Y todo el pueblo se dio cita para ser testigo del combate. Ambos luchadores se colocaron frente a frente. El guerrero comenzó a insultar al samurái con graves injurias e improperios, pero el maestro permanecía en guardia, dispuesto a la lucha, sin moverse. El joven arrojó piedras contra el anciano, le lanzó escupitajos, pero el maestro no reaccionaba. El guerrero intento herirlo con los más duros agravios, pero el viejo perseveró en su impasible calma. Nada lo alteraba.

Al culminar la tarde, el joven e impetuoso guerrero se retiró exhausto y humillado. Los alumnos del samurái, desilusionados por la falta de reacción de su maestro ante los más terribles insultos y provocaciones, preguntaron:

–Maestro, ¿Cómo pudo mostrarse tan cobarde delante de todo el pueblo, tolerando los más duros agravios? ¿Por qué no lo atacó con su espada, incluso sabiendo que podía derrotarle?

El samurái, en vez de responder, hizo otra pregunta:

–Si alguien se acerca a ustedes con un presente y ustedes no toman ese regalo, ¿A quién pertenece el obsequio?

–A quien lo trajo –contestó uno de los principiantes.

–De igual manera sucede con la envidia, la ira y los insultos –comentó el maestro–. Si ustedes no aceptan lo que les ofrecen, esos sentimientos continúan perteneciendo a quien los trajo.

RECIBÍ FLORES HOY

No es mi cumpleaños o ningún otro día especial; tuvimos nuestro primer disgusto anoche y él me dijo muchas cosas crueles y duras que en verdad me ofendieron. Pero sé que está arrepentido y no las dijo en serio, porque él me mandó flores hoy.

No es nuestro aniversario o ningún otro día especial; anoche me lanzó contra la pared y comenzó a ahorcarme. Parecía una pesadilla, pero de las pesadillas por lo menos despiertas y sabes que no es real; me levanté esta mañana adolorida y con golpes en todos lados, pero yo sé que está arrepentido; porque él me mandó flores hoy.

Recibí flores hoy y no es día de San Valentín o ningún otro día especial; anoche me golpeó nuevamente y amenazó con matarme; ni el maquillaje o las mangas largas podían esconder las cortadas y golpes que me ocasionó esta vez. No pude ir al trabajo hoy, porque no quería que se dieran cuenta. Pero yo sé que está arrepentido; porque él me mandó flores.

Recibí flores hoy y no era el día de las madres o ningún otro día especial. Anoche el volvió a golpearme, pero esta vez fue mucho peor...

Pero si logro dejarlo, ¿Qué voy a hacer? ¿Cómo podría yo sola sacar adelante a los niños? ¿Qué pasará si nos falta el dinero? ¡Le tengo tanto miedo! dependo tanto de él que temo dejarlo. Pero yo sé que está arrepentido, porque él me mandó flores hoy.

Recibí flores hoy. Hoy es un día muy especial: *es el día de mi funeral.*

Anoche por fin logró matarme. Me golpeó hasta morir.

Si por lo menos hubiera tenido el valor y la fortaleza de dejarlo.

Si hubiera leído el miedo en los ojos de mis hijos.

Si hubiera aceptado ayuda profesional… ¡Hoy no hubiera recibido flores!

EXACTAMENTE COMO YO

Mi hijo hace poco llegó a este mundo, sano y contento, de manera normal como casi todos los bebes... Pero yo tenía que trabajar, tenía muchos compromisos. Así que solo estuve con él y mi esposa por unos días, antes de regresar a la oficina.

Mi hijo aprendió a comer cuando menos lo esperaba. Comenzó a hablar cuando yo no estaba. Dio sus primeros pasos, mientras estaba de viaje.

Mi hijo a medida que crecía, me decía: "Papi, algún día seré como tú. ¿Cuándo regresas a casa papi?"

–No lo sé, pero cuando regrese jugaremos juntos... Ya lo verás.

Mi hijo cumplió diez años hace pocos días y me dijo: "Gracias por la pelota nueva papá. ¿Quieres jugar conmigo?".

–Hoy no hijo, tengo mucho que hacer

–Está bien papá, otro día será –y se fue sonriendo y siempre en sus labios las palabras: "Yo quiero ser como tú".

Y así siguió la vida y pasaron los años.

Mi hijo regresó de la universidad el otro día, hecho todo un hombre.

–Hijito, estoy muy orgulloso de ti. Siéntate y hablemos un poco de ti.

–Hoy no papá, tengo compromisos... Por favor préstame el carro para ir a visitar a unos amigos.

–Hola hijo, que bueno que te veo, ¿te gustaría ir a comer conmigo?

–Hoy no puedo papá, tengo que ir a ver a mi novia, ¿me puedes prestar dinero para llevarla al cine?

Meses pasaron y se convirtieron en años. Ahora ya estoy jubilado y no tengo más obligaciones. Mi hijo ahora vive en otro lugar, alejado de mí. Hoy lo llamé y le dije: "Hola hijo, me gustaría irte a visitar o que tu vinieras a verme..."

–Me encantaría papá, pero es que no tengo tiempo... Tú sabes, el trabajo, los niños... Pero gracias por llamar, fue increíble escuchar tu voz.

Al colgar el teléfono me di cuenta que mi hijo había cumplido su deseo, *era exactamente como yo.*

EL JOVEN Y EL PARACAÍDAS

Un joven turista se encontraba en la playa y era la primera vez que subiría en un paracaídas jalado por un bote. Imagínate, el joven no sabía nadar y tenía las siguientes preguntas en su cabeza: "¿Qué pasará si la lancha me arrastra mar adentro, antes de que me eleve el paracaídas? ¿Qué tal si una vez en el cielo, me caigo de semejante altura?"

A pesar del miedo, decidió actuar y confiar en la incertidumbre. Sabía que era una experiencia nueva y era natural tener miedo. Pero también sabía que la vida es eso, experiencias y emociones nuevas y por lo tanto debería tener una mente abierta ante la vida.

Se puso el arnés. Escuchó con nerviosismo las últimas indicaciones del instructor. "Ruuuuuum" se escuchó el sonido del motor del bote que iniciaba su recorrido al mar. El joven comenzó a caminar al principio y después a correr a medida que la velocidad aumentaba. Y llegó el momento en que tuvo que pegar un salto para evitar caer al mar...

..."¡Guuuuuaaaaaauuuuuu!" no lo podía creer, el paracaídas se elevó y en cuestión de segundos, estaba a muchos metros encima, viendo el mar y los hoteles de la ciudad, como si fueran casas de juguete. Y sintió paz.

"Qué emocionante, nunca me hubiera imaginado que sería tan fácil y divertido" y disfrutó de la hermosa vista desde el cielo.

¿Qué podemos aprender de éste joven? Es natural tener miedo ante lo desconocido. La imaginación crea mil y un fantasmas pero son solo eso, fantasmas. No existen en realidad y son auto-creados.

¿Cuántos de nosotros evitamos tener experiencias nuevas por temor a lo desconocido? ¿Cuántos miedos imaginarios has acumulado durante tu vida, que te han evitado experimentar cosas nuevas y ser feliz?

Si analizas tu vida a la luz del pasado, descubrirás que lo que más temes nunca pasó y cuando sucedió, resultó ser una experiencia única y placentera. Te invito a que busques dentro de ti, aquello que has evitado hacer por mucho tiempo, por culpa de esos fantasmas imaginarios y lo hagas. ¿Y quién sabe? Quizás disfrutes de una hermosa vista del cielo, como el joven de la playa.

BAILA LENTAMENTE

Es tan fácil perder de vista
lo que es importante, baila lento...

¿Alguna vez, observó a un niño en un carrusel?
¿O, escuchó el sonido de la lluvia cuando cae al suelo?
¿Alguna vez siguió el vuelo errante de una mariposa?
¿O, fijó su mirada en el crepúsculo solar?

Es mejor disminuir el paso, no baile tan de prisa...
El tiempo es corto, la música va a terminar...

¿A través de cada día usted corre o vuela?
Cuando pregunta, ¿Cómo estás?
¿Escucha la respuesta?...

Cuando el día termina, ¿Queda acostado en la cama,
con los próximos quehaceres rondando por su cabeza?
Es mejor disminuir el paso.

No baile tan deprisa...
...el tiempo es corto, la música va a terminar...

¿Alguna vez le dijo a un niño: "dejemos esto
para mañana" y en su prisa, vio su tristeza?
¿Perdió contacto, dejó morir una buena amistad
porque nunca tenía tiempo para llamar y decir hola?

Es mejor disminuir el paso... No baile tan de prisa....
el tiempo es corto, la música va a terminar...

Cuando corre tan de prisa para llegar a algún lugar,
usted pierde la mitad de la satisfacción de llegar allí.

Cuando se preocupa y se apresura todo el día,
es como si fuese un regalo que no fue abierto.

¡Un regalo tirado a la basura!

La vida no es una carrera...
llévela lentamente...
Escuche la música...

¡Antes que la canción acabe!

EL AMOR Y LA LOCURA

Cuentan que una vez se reunieron en un lugar de la tierra todos los sentimientos y cualidades de los hombres.

Cuando *el aburrimiento* había bostezado por tercera vez, *la locura*, como siempre tan loca, les propuso: "¿Jugamos al escondite?"

La intriga levantó la ceja intrigada, y *la curiosidad*, sin poder contenerse preguntó: "¿al escondite? ¿Y cómo es eso?"

"Es un juego" –explicó *la locura*–, "en que yo me tapo la cara y comienzo a contar desde uno hasta un millón mientras ustedes se esconden, y cuando yo haya terminado de contar, el primero de ustedes que encuentre ocupará mi lugar para continuar el juego".

El entusiasmo bailó seguido por *la euforia*.

La alegría dio tantos saltos que terminó por convencer a *la duda*, e incluso a *la apatía*, a la que nunca le interesaba nada.

Pero no todos quisieron participar, *la verdad* prefirió no esconderse ¿para qué? Si al final siempre la hallaban, *la soberbia* opinó que era un juego muy tonto (en el fondo lo que le molestaba era que la idea no hubiese sido de ella) y *la cobardía* prefirió no arriesgarse...

"Uno, dos, tres..." comenzó a contar *la locura*.

La primera en esconderse fue *la pereza*, que como siempre se dejó caer tras la primera piedra del camino.

La fe subió al cielo y *la envidia* se escondió tras la sombra del *triunfo* que con su propio esfuerzo había logrado subir a la copa del árbol más alto.

La generosidad casi no alcanzaba a esconderse, cada sitio que hallaba le parecía maravilloso para alguno de sus amigos... que si un lago cristalino, ideal para *la belleza*, que si la rendija de un árbol, perfecto para *la timidez*, que si el vuelo de una ráfaga de viento, magnífico para *la libertad*. Así terminó por ocultarse en un rayito de sol.

El egoísmo en cambio encontró un sitio muy bueno desde el principio, ventilado, cómodo... pero sólo para él. *La mentira* se escondió en el fondo de los océanos (mentira, en realidad se escondió detrás del arco iris) y *La pasión* y *el deseo* en el centro de los volcanes.

El olvido..., el olvido... ya se me olvidó donde se escondió... pero eso no es lo importante.

Cuando *la locura* contaba 999,999, *el amor* aún no había encontrado sitio para esconderse, pues todo se encontraba ocupado... hasta que encontró un rosal y enternecido decidió esconderse entre sus flores.

"Un millón" –dijo *la locura*–, y comenzó a buscar.

La primera en aparecer fue *la pereza* sólo a tres pasos de una piedra.

Después se escuchó a *la fe* discutiendo con *Dios* en el cielo sobre teología y *la pasión* y *el deseo* los sintió en el vibrar de los volcanes.

En un descuido encontró a *la envidia* y claro, pudo deducir donde estaba *el triunfo*.

Al *egoísmo* no tuvo ni que buscarlo, el sólo salió de su escondite, había resultado ser un nido de avispas.

De tanto caminar sintió sed y al acercarse al lago descubrió *la belleza* y con *la duda* resultó más fácil todavía pues la encontró sentada sobre una cerca sin decidir aún de qué lado esconderse.

Así fue encontrando a todos, *el talento* entre la hierba fresca, a *la angustia* en una oscura cueva, a *la mentira* detrás del arco iris (mentira, si ella estaba en el fondo del océano) y hasta *el olvido*... que ya se le había olvidado que estaban jugando al escondite, pero sólo *el amor* no aparecía por ningún sitio, *la locura* buscó detrás de cada árbol, cada arroyuelo del planeta, en la cima de las montañas y cuando estaba por darse por vencida divisó un rosal y las rosas... y tomó una horquilla y comenzó a mover las ramas, cuando de pronto un doloroso grito se escuchó. Las espinas había herido en los ojos al *amor*; *la locura* no sabía qué hacer para disculparse, lloró, imploró, pidió perdón y hasta prometió ser su lazarillo.

Desde entonces, desde que por primera vez se jugó al escondite en la tierra...

El *amor* es ciego y *la locura* siempre lo acompaña.

DIEZ LLAVES PARA LA FELICIDAD

1. *Escucha* la sabiduría de tu cuerpo que se expresa a través de señales de comodidad e incomodidad. Cuando elijas una conducta determinada, pregúntale a tu cuerpo: ¿Cómo te sientes acerca de esto? Si te contesta con señales de malestar, ¡Cuidado! Si te responde con alegría y comodidad ¡Adelante!

2. *Vive* en el momento presente, es el único que tienes. Pon tu atención en lo que **es** y contempla su plenitud a cada instante. Ten una aceptación psicológica total y absoluta de que ese momento es como debe ser. ¿Cómo podría ser de otra manera? Este momento es como es, porque el Universo es como es. No luches contra el Universo.

3. *Tómate* un tiempo para estar en silencio y acallar el diálogo interno. "Guíate por tu intuición" y no por interpretaciones impuestas externamente de lo que es bueno y de lo que no lo es.

4. *Renuncia* a tu necesidad de aprobación. Esta decisión nos da gran libertad.

5. Cuando reacciones con enojo o con violencia ante una persona, una situación o una circunstancia, *reconoce* que luchas contra ti mismo. No seas tan duro contigo.

6. Cuando reacciones con demasiada intensidad hacia alguien, ya sea en amor o en odio, reconoce que esa persona es un reflejo de tu ser. *Utiliza* la relación como espejo para guiar tu evolución espiritual.

7. *Suelta* la carga del juicio y te sentirás mucho más ligero.

8. *No contamines* tu cuerpo con toxinas, ya sea a través de la comida, la bebida o las emociones tóxicas.

9. *Reemplaza* tu comportamiento motivado por el miedo, por comportamiento motivado por el amor.

10. *Comprende* que el mundo físico refleja el proceso de nuestra propia conciencia. Es importante limpiar el medio ambiente de desechos tóxicos y de la basura que contamina nuestra tierra, sus ríos y sus océanos pero, es mucho más importante limpiar las ideas tóxicas que contaminan la mente humana.

Deepak Chopra

LOS TRES ÁRBOLES

Había una vez, en la cumbre de una montaña, tres pequeños árboles, soñando acerca de lo que querían llegar a hacer, cuando fueran grandes.

El primer arbolito miró hacia las estrellas y dijo: "Yo quiero guardar tesoros, quiero estar repleto de oro y ser llenado de piedras preciosas, seré el baúl de tesoros más hermoso del mundo".

El segundo arbolito admiró un pequeño arroyo en curso al océano y dijo: "Yo, quiero viajar a través de aguas temibles y llevar reyes poderosos sobre mí, seré el barco más imponente del mundo".

El tercer arbolito, miró hacia el valle que estaba debajo de la montaña y vio hombres y mujeres trabajando en un pueblo y dijo: "Yo no quiero irme de la cima de la montaña, quiero crecer tan alto, que cuando la gente del pueblo se pare a mirarme, eleven su mirada al cielo y piensen en Dios... Yo seré el árbol más alto del mundo".

Los años pasaron, llovió, brillo el sol, y los pequeños árboles crecieron muy altos. Un día, tres leñadores subieron a la cumbre de la montaña, el primer leñador, miró el primer árbol y dijo: "Que árbol tan hermoso es este" y con la fuerza de su brillante hacha, el primer árbol cayó...

"Ahora me convertirán en un hermoso baúl, deberé contener tesoros maravillosos" pensó el primer arbolito.

El segundo leñador miró al segundo árbol, "este árbol es muy fuerte, es perfecto para mí" y con la arremetida de su hacha, el segundo árbol también cayó.

"Ahora navegaré en aguas temibles", pensó el segundo árbol, "seré un barco imponente, para reyes temidos y poderosos".

El tercer árbol sintió su corazón sufrir cuando el último leñador lo miró, se enderezo, apuntando ferozmente al cielo.

Pero el leñador ni siquiera miró hacia arriba y dijo: "¡Va! cualquier árbol es bueno para mí" y con la fuerza de su afilada hacha el tercer árbol cayó...

El primer árbol se emocionó cuando el leñador lo llevó a su carpintería, pero el carpintero lo convirtió simplemente en una caja de alimento para animales. Aquel árbol hermoso no fue cubierto con oro, ni llenado de tesoros, sino que fue cubierto con polvo de aserrín, y llenado con alimento para animales de granja hambrientos.

El segundo árbol sonrió cuando el leñador lo llevó cerca de un embarcadero, sin embargo ningún barco imponente fue construido ese día. En lugar de eso, aquel árbol fuerte fue cortado y convertido en un simple bote de pesca. Era demasiado chico y débil para navegar en el océano, ni siquiera en un río, y fue así llevado a un pequeño lago.

El tercer árbol, estaba confundido, cuando el leñador lo cortó para hacer tablas fuertes y lo abandonó en un almacén de madera... "¿Que estará pensando?" fue lo que se preguntó el árbol.

"Yo todo lo que quería era quedarme en la cumbre de la montaña, para estar más cerca de Dios".

Muchísimos días y noches pasaron... Los tres árboles ya casi habían olvidado sus sueños. Pero una noche, una luz de estrella dorada alumbró el primer árbol, cuando una joven mujer puso a su hijo recién nacido en la caja de alimento.

"Yo quisiera haberle podido hacer una cuna al bebé", le dijo su esposo a la mujer. La madre apretó su mano y sonrió mientras la luz de la estrella alumbraba la madera suave y fuerte de la cuna.

Y la mujer dijo:

"Este pesebre es hermoso" y de repente el primer árbol supo que contenía el tesoro más grande del mundo.

Pasaron muchos años y una tarde un viajero cansado y sus amigos se subieron al viejo bote de pesca, el viajero se quedó dormido mientras el segundo árbol navegaba tranquilamente hacia adentro del lago, de pronto una impresionante y aterradora tormenta llegó al lago, el pequeño árbol se lleno de temor, el sabía que no tenía la fuerza para llevar a todos esos pasajeros a la orilla a salvo con ese viento y lluvia. El hombre cansado se levantó. Y alzando su mano dijo *¡calma!* La tormenta se detuvo tan rápido como comenzó. Y de repente, el segundo árbol supo que él llevaba navegando al rey del cielo y de la tierra.

Tiempo después un viernes en la mañana el tercer árbol se extrañó cuando sus tablas fueron tomadas de aquel almacén de madera olvidado, se asustó al ser llevado entre una impresionante multitud de personas enfurecidas, se llenó de temor cuando unos soldados clavaban las manos de un hombre en su madera, se sintió feo, áspero, y cruel. Pero el domingo siguiente por la mañana cuando el sol brilló y la tierra tembló con júbilo debajo de su madera, el tercer árbol supo que el amor de Dios había cambiado todo, esto hizo que el árbol se sintiera fuerte y cada vez que la gente pensara en el tercer árbol ellos pensarían en Dios. Eso era mucho mejor que ser el árbol más alto del mundo.

La próxima vez que te sientas deprimido porque no conseguiste lo que tú querías, solo siéntete firme y sé feliz, porque Dios está pensando en algo mejor para darte.

LA HISTORIA DE BENNY

Benny era el tipo de persona que te encantaría odiar. Siempre estaba de buen humor y siempre tenía algo positivo que decir. Cuando alguien le preguntaba cómo le iba, el respondía: "*De maravilla, no podría estar mejor*".

Él era un gerente único porque tenía varias meseras que lo habían seguido de restaurante en restaurante. La razón por la que las meseras seguían a Benny era por su actitud y su gran liderazgo. El era un gran optimista y motivador natural: Si un empleado tenía un mal día, Benny estaba ahí para decirle cómo ver el lado positivo de la situación.

Ver este estilo de vida realmente me causó curiosidad, así que un día fui a buscar a Benny y le pregunté:

–No lo entiendo... no es posible ser una persona positiva todo el tiempo... ¿cómo lo haces?...

Benny respondió: "Cada mañana me despierto y me digo a mí mismo, Benny, tienes dos opciones hoy: puedes escoger estar de buen humor o puedes escoger estar de mal humor. Escojo estar de buen humor. Cada vez que sucede algo malo, puedo escoger entre ser una víctima o aprender de ello. Escojo aprender de ello. Cada vez que alguien viene a mí para quejarse, puedo aceptar su queja o puedo señalarle el lado positivo de las cosas. Trato siempre de escoger el lado positivo de la vida".

–Si claro... pero no es tan fácil –protesté– "Sí, lo es" dijo Benny. "Todo en la vida es acerca de elecciones. Cuando quitas todo lo demás, cada situación es una elección. Tú eliges cómo reaccionas a cada situación. Tú eliges cómo la gente afectará tu estado de ánimo. Tú eliges estar de buen humor o mal humor. En resumen: Tú eliges como vivir la vida".

Reflexioné en lo que Benny me dijo. Poco tiempo después, dejé la industria hotelera para iniciar mi propio negocio. Perdimos contacto, pero con frecuencia pensaba en Benny cuando tenía que hacer una elección en la vida en vez de reaccionar ante ella.

Varios años más tarde, me enteré que Benny hizo algo que nunca debe hacerse en un negocio de restaurante: Dejó la puerta de atrás abierta una mañana y fue asaltado por tres ladrones armados. Mientras trataba de abrir la caja fuerte, su mano temblando por el nerviosismo, resbaló de la combinación. Los asaltantes sintieron pánico y le dispararon.

Por suerte, Benny fue encontrado relativamente pronto y llevado de emergencia a un hospital. Después de 18 horas de cirugía y semanas de terapia intensiva, Benny fue dado de alta aún con fragmentos de bala en su cuerpo.

Me encontré con Benny seis meses después del accidente y cuando le pregunté como estaba, me respondió: "*De maravilla, no podría estar mejor*".

Le pregunté qué pasó por su mente en el momento del asalto y contestó: "Lo primero que vino a mi mente fue que debí haber cerrado con llave la puerta de atrás. Después, cuando los ladrones se fueron y me dejaron desangrando en el piso recordé que tenía dos opciones: Podía elegir vivir o podía elegir morir. Elegí vivir".

–No sentiste miedo en el hospital, le pregunté.

–Benny continuó: "Los médicos fueron excelentes y muy profesionales. No dejaban de decirme que iba a estar bien. Pero cuando me llevaron al quirófano y vi las expresiones en las caras de médicos y enfermeras, realmente me asusté... podía leer en sus ojos: 'Es hombre muerto'. Supe entonces que debía tomar acción..."

–¿Qué hiciste? –pregunté.

–Bueno... uno de los médicos me preguntó si era alérgico a algo y respirando profundo le contesté: "Si, a las balas..." Mientras reían les dije: Estoy escogiendo vivir... opérenme como si estuviera vivo, no muerto.

Benny sobrevivió gracias a la maestría de los médicos pero sobre todo por su asombrosa actitud. Aprendí así que cada día tenemos la elección de vivir plenamente. *La actitud, al final, lo es todo.*

NO CULPES
A NADIE

Nunca te quejes de nadie, ni de nada,
porque fundamentalmente tú has hecho
lo que querías en tu vida.

Acepta la dificultad de edificarte a ti
mismo y el valor de empezar corrigiéndote.
El triunfo del verdadero hombre surge de
las cenizas de su error.

Nunca te quejes de tu soledad o de tu
suerte, enfréntala con valor y acéptala.
De una manera u otra es el resultado de
tus actos y prueba que tú siempre
has de ganar.

No te amargues de tu propio fracaso ni
se lo cargues a otro, acéptate ahora o
seguirás justificándote como un niño.

Recuerda que cualquier momento es
bueno para comenzar y que ninguno
es tan terrible para claudicar.

No olvides que la causa de tu presente
es tu pasado así como la causa de tu
futuro será tu presente.

Aprende de los audaces, de los fuertes,
de quien no acepta situaciones, de quien
vivirá a pesar de todo, piensa menos en
tus problemas y más en tu trabajo y tus
problemas sin eliminarlos morirán.

Aprende a nacer desde el dolor y a ser
más grande que el más grande de los
obstáculos, mírate en el espejo de ti mismo
y serás libre y fuerte y dejarás de ser un
títere de las circunstancias porque tú
mismo eres tu destino.

Levántate y mira el sol por las mañanas
y respira la luz del amanecer.
Tú eres parte de la fuerza de tu vida,
ahora despiértate, lucha, camina, decídete
y triunfarás en la vida; nunca pienses en
la suerte, porque la suerte es:
el pretexto de los fracasados.

Pablo Neruda

BAMBÚ JAPONÉS

No hay que ser agricultor para saber que una buena cosecha requiere de buena semilla, buen abono y riego constante. También es obvio que quien cultiva la tierra no se impacienta frente a la semilla sembrada, halándola con el riesgo de echarla a perder, gritándole con todas sus fuerzas: ¡Crece, por favor!

Hay algo muy curioso que sucede con el bambú japonés y que lo transforma en no apto para impacientes: siembras la semilla, la abonas, y te ocupas de regarla constantemente. Durante los primeros meses no sucede nada apreciable. En realidad, ¡no pasa nada con la semilla durante los primeros siete años!, a tal punto que, un cultivador inexperto estaría convencido de haber comprado semillas infértiles.

Sin embargo, durante el séptimo año, en un período de sólo seis semanas la planta de bambú crece ¡más de 30 metros! ¿Tardó sólo seis semanas crecer? No, la verdad es que se tomó siete años y seis semanas en desarrollarse. Durante los primeros siete años de aparente inactividad, este bambú estaba generando un complejo sistema de raíces que le permitirían sostener el crecimiento, que iba a tener después de siete años.

Sin embargo, en la vida cotidiana, muchas veces queremos encontrar soluciones rápidas y triunfos apresurados, sin entender que el éxito es simplemente resultado del crecimiento interno y que éste requiere tiempo. De igual manera, es necesario entender que en muchas ocasiones estaremos frente a situaciones en las que creemos que nada está sucediendo. Y esto puede ser extremadamente frustrante.

En esos momentos –que todos tenemos–, es importante recordar el ciclo de maduración del bambú japonés y aceptar que "mientras que no nos demos por vencidos" ni abandonemos nuestras metas anheladas simplemente por no "ver" el resultado que esperamos, en realidad, sí está sucediendo algo en nuestro interior... Estamos creciendo, madurando.

Quienes no se dan por vencidos, van de forma gradual y constante –aunque a veces imperceptible– creando los hábitos y el temple que les permitirá sostener el éxito cuando éste al fin se materialice. Si no consigues lo que anhelas, no desesperes... quizá al igual que el bambú japonés sólo estés echando raíces...

PAPÁ NO ME PEGUES

Papá no me pegues, tus golpes no solo hieren mi cuerpo, golpean mi corazón me hacen duro y rebelde terco torpe y agresivo. Tus golpes me hacen sentir miserable, pequeño e indigno de ti, mi héroe.

Tus golpes me llenan de amargura bloquean mi capacidad de amar, crecen mis temores y nace en mi el odio. Papi tus golpes me alejan de ti, me enseñan a mentir, cortan mi iniciativa, mi creatividad y mi alegría.

No me golpees más, soy débil e indefenso ante tu fuerza, tus golpes enlutan mi camino y sobre todo endurecen mi alma.

La fuerza de tu razón es superior a la fuerza de tus golpes si crees que no te entiendo aún, te lo prometo, pronto lo haré. Más poderosos que tus golpes más efectivos y grandiosos son tu afecto, tus caricias, tus palabras y tus besos.

Papito tu grandeza no está en el poder de tu fuerza física eres mucho más fuerte cuando no necesitas de ella para guiarme. Solo abrázame y permítete seguir siendo mi héroe para toda la vida.

EL TREN DE LA VIDA

La vida no es más que un viaje por tren: repleto de embarques y desembarques, salpicado de inmensas alegrías, inesperados accidentes, sorpresas agradables, profundas tristezas y más...

Al nacer, nos subimos al tren, allí están para recibirnos con todo su amor nuestros padres, su profundo cariño, su inigualable compañía son tan especiales, que quisiéramos tenerlos durante todo el viaje.

Unas veces así sucede, pero otras ocurre que ellos tienen que bajarse en alguna estación, dejándonos un gran vacío por la falta de su presencia pero siempre nos acompañarán en el corazón. Aún así, esto no impide que se suban otras personas que serán muy especiales. Llegan nuestros hermanos, nuestros familiares, nuestros amigos y más adelante nuestros maravillosos amores.

De las personas que toman este tren, hay unos que lo harán como un simple paseo, otros que encontrarán solamente tristeza en el viaje y habrá otros que recorriendo el tren, estarán siempre listos para ayudar a quien lo necesite. Muchos al bajar dejan un recuerdo permanente; otros pasan desapercibidos que ni siquiera nos damos cuenta que desocuparon el asiento.

Es curioso darnos cuenta que algunos pasajeros, que son tan queridos para nosotros viajan en vagones distintos al nuestro; así que debemos hacer el trayecto separado de ellos, pero esto no impide que durante el viaje, podamos llegar hacia ellos en algunas ocasiones.

El viaje siempre se hace así: lleno de desafíos, sueños, fantasías, esperas y despedidas... pero jamás regresos.

Entonces, hagamos este viaje de la mejor manera posible. Tratemos de relacionarnos bien con todos los pasajeros, buscando en cada uno, lo mejor que tengan.

El gran misterio, al fin, es que no sabremos jamás cuándo, ni en qué estación nos bajaremos, mucho menos dónde se bajarán nuestros compañeros, ni siquiera el que está sentado junto a mí en el asiento.

Me quedo pensando si cuando baje del tren, sentiré nostalgia...

Creo que sí. Separarme de mi familia, y toda la gente que me acompañaron durante el viaje, será triste. Pero tengo la seguridad y la esperanza de que en algún momento llegaré a la estación principal en la que con gran emoción los esperaré y en donde me recibirán quienes se bajaron del tren antes que yo.

Lo que me hará feliz, será pensar que regresé a la estación de la que algún día partí con un equipaje lleno de amor porque mi experiencia durante el viaje fue valiosa para mí y para todas las personas que me acompañaron.

Por ahora seguiré haciendo que mi estadía en este tren sea maravillosa para que cuando llegue el momento de desembarcar, mi asiento vacío, deje lindos recuerdos a los que en el viaje permanezcan.

LA FUERZA DE LA CRUZ

En Barga, Italia, recrudecía la guerra. Una mujer del pueblo se prodigaba en innumerables obras de caridad. Le hicieron notar que podía caer en las garras de los alemanes. Continuó su labor, no obstante.

Los partidarios de Hitler la capturaron y la llevaron a Lucca. La metieron en la cárcel, la maltrataron y torturaron, sometiéndola después a un apremiante interrogatorio:

–¿Es cierto que albergaba a muchas personas en su casa?

–Es cierto –contestó ella.

–¿Eran ingleses enemigos?

–Eran todos hermanos míos.

–¿Hermanos? ¿Qué uniforme llevaban?

–Andrajos, ropas hechas jirones.

Prosiguieron, apuntándole con el fusil en las sienes:

–Díganos la verdad, ¿Eran partisanos?

—Sí, respondió tranquila la mujer. Pero si quieres fusilar al responsable de lo que he hecho en pro de tantos hambrientos, heridos, moribundos, no tienes que matarme a mi, sino al que es el único culpable.

—¿Quién es? Díganos ahora mismo ¿quién es, cómo se llama, dónde se encuentra? Enseguida, ¿Quién es?

Entonces la mujer sacó reverentemente del bolsillo un crucifijo, lo levantó delante de los fusiles de aquellos verdugos y dijo: ¡Ahí lo tienes, asesínenlo!

Los ojos fríos y penetrantes de esos hombres se humedecieron y bajaron sus fusiles.

LA VENTANA

Una pareja de recién casados, se mudó para un barrio muy tranquilo. En la primera mañana en la casa, mientras tomaba café, la mujer reparó a través de la ventana, que una vecina colgaba sábanas en el tendedero.

–¡Que sábanas tan sucias cuelga la vecina en el tendedero...! Quizás necesita un jabón nuevo... ¡Ojalá pudiera ayudarla a lavar las sábanas!

El marido miró y quedó callado.

Y así, cada dos o tres días, la mujer repetía su discurso, mientras la vecina tendía sus ropas al sol y el viento. Al mes, la mujer se sorprendió al ver a la vecina tendiendo las sábanas limpiecitas, y dijo al marido:

–¡Mira, por fin aprendió a lavar la ropa! ¿Le enseñaría otra vecina?

El marido le respondió: ¡No, hoy me levanté más temprano y lavé los vidrios de nuestra ventana!

La vida es así, todo depende de la limpieza de la ventana, a través de la cual observamos los hechos. Es fácil juzgar a los demás sin darnos cuenta que la situación errada está es en nosotros. Limpiemos las ventanas de nuestra vida antes de mirar a los demás.

SI TIENES UNA MADRE TODAVÍA

Si tienes una madre todavía,
da gracias al Señor que te ama tanto,
que no todo mortal contar podría,
dicha tan grande ni placer tan santo.

Si tienes una madre... sé tan bueno
que ha de cuidar tu amor su paz hermosa,
pues la que un día te llevo en su seno
siguió sufriendo y se creyó dichosa.

Veló de noche y trabajó de día
leves las horas en su afán pasaban,
un cantar de sus labios te dormía,
y al despertar sus labios te besaban.

Enfermo y triste, te salvó su anhelo
que sólo el llanto por su bien querido
milagros supo arrebatar al cielo,
cuando ya el mundo te creyó perdido.

Ella puso en tu boca la dulzura
de la oración primera balbucida
y plegando tus manos en ternura,
te enseñaba la ciencia de la vida.

Si acaso sigues por la senda aquella
que va segura a tu feliz destino,
herencia santa de la madre es ella,
tu madre sola te enseñó el camino.

Mas si al cielo se fue... y en tus amores
ya no la harás feliz sobre la tierra,
deposita el recuerdo de tus flores
sobre la fría loza que la encierra.

Es tan santa la tumba de una madre,
que no hay al corazón lugar más santo,
cuando espina cruel tu alma taladre,
ive a derramar, allí, tu triste llanto!

Heinrich Neuman

EL ÁRBOL DE LAS MANZANAS

Hace mucho tiempo existía un enorme árbol de manzanas. Un pequeño niño lo apreciaba mucho y todos los días jugaba a su alrededor. Trepaba por el árbol, y le daba sombra. El niño amaba al árbol y el árbol amaba al niño. Pasó el tiempo y el pequeño niño creció y el nunca más volvió a jugar alrededor del enorme árbol.

Un día el muchacho regresó al árbol y escuchó que el árbol le dijo triste: "¿Vienes a jugar conmigo?". Pero el muchacho contestó: "Ya no soy el niño de antes que jugaba alrededor de enormes árboles. Lo que ahora quiero son juguetes y necesito dinero para comprarlos". "Lo siento", –dijo el árbol–, "pero no tengo dinero... pero puedes tomar todas mis manzanas y venderlas. Así obtendrás el dinero para tus juguetes". El muchacho se sintió muy feliz. Tomó todas las manzanas y obtuvo el dinero y el árbol volvió a ser feliz. Pero el muchacho nunca volvió después de obtener el dinero y el árbol volvió a estar triste.

Tiempo después, el muchacho regresó y el árbol se puso feliz y le preguntó: "¿Vienes a jugar conmigo?". "No tengo tiempo para jugar. Debo trabajar para mi familia. Necesito una casa para compartir con mi esposa e hijos. ¿Puedes ayudarme?". "Lo siento, no tengo una casa, pero... puedes cortar mis ramas y construir tu casa". El joven cortó todas las ramas del árbol y esto hizo feliz nuevamente al árbol, pero el joven nunca más volvió desde esa vez y el árbol volvió a estar triste y solitario.

Cierto día de un cálido verano, el hombre regresó y el árbol estaba encantado. "¿Vienes a jugar conmigo?", le preguntó el árbol. El hombre contestó: "Estoy triste y volviéndome viejo. Quiero un bote para navegar y descansar. ¿Puedes darme uno?". El árbol contestó: "Usa mi tronco para que puedas construir uno y así puedas navegar y ser feliz". El hombre cortó el tronco y construyó su bote. Luego se fue a navegar por un largo tiempo.

Finalmente regresó después de muchos años y el árbol le dijo: "Lo siento mucho, pero ya no tenga nada que darte, ni siquiera manzanas". El hombre replicó: "No tengo dientes para morder, ni fuerza para escalar... ahora ya estoy viejo. Yo no necesito mucho ahora, solo un lugar para descansar. Estoy tan cansado después de tantos años...". Entonces el árbol, con lágrimas en sus ojos, le dijo: "Realmente no puedo darte nada... lo único que me queda son mis raíces muertas, pero las viejas raíces de un árbol son el mejor lugar para recostarse y descansar. Ven, siéntate conmigo y descansa". El hombre se sentó junto al árbol y éste, feliz y contento, sonrió con lágrimas.

Esta puede ser la historia de cada uno de nosotros. El árbol son nuestros padres. Cuando somos niños, los amamos y jugamos con papá y mamá... Cuando crecemos los dejamos... Sólo regresamos a ellos cuando los necesitamos o estamos en problemas... No importa lo que sea, ellos siempre están allí para darnos todo lo que puedan y hacernos felices. Parece que el muchacho es

cruel contra el árbol... pero es así como nosotros tratamos a veces a nuestros padres.

Valoremos a nuestros padres mientras los tengamos
a nuestro lado.

LA MARIONETA

Si por un instante Dios se olvidara
de que soy una marioneta de trapo
y me regalara un trozo de vida,
posiblemente no diría todo lo que pienso,
pero en definitiva pensaría todo lo que digo.

Daría valor a las cosas, no por lo que valen,
sino por lo que significan. Dormiría poco, soñaría más,
entiendo que por cada minuto que cerramos los ojos,
perdemos sesenta segundos de luz.

Andaría cuando los demás se detienen,
Despertaría cuando los demás duermen.
Escucharía cuando los demás hablan,
y cómo disfrutaría de un buen helado de chocolate.

Si Dios me obsequiara un trozo de vida, vestiría sencillo, me tiraría de bruces al sol, dejando descubierto, no
solamente mi cuerpo sino mi alma.

Dios mío, si yo tuviera un corazón, escribiría mi odio
sobre hielo, y esperaría a que saliera el sol.

Pintaría con un sueño de Van Gogh
sobre las estrellas un poema de Benedetti,
y una canción de Serrat sería la serenata
que les ofrecería a la luna.

Regaría con lágrimas las rosas,
para sentir el dolor de sus espinas,
y el encarnado beso de sus pétalos...
Dios mío, si yo tuviera un trozo de vida...

No dejaría pasar un solo día sin decirle a la gente
que quiero, que la quiero.
Convencería a cada mujer u hombre de que son mis
favoritos y viviría enamorado del amor.

A los hombres les probaría cuán equivocados están,
al pensar que dejan de enamorarse cuando envejecen,
sin saber que envejecen cuando dejan de enamorarse.

A un niño le daría alas, pero le dejaría que él solo
aprendiese a volar.

A los viejos les enseñaría que la muerte no llega con la
vejez sino con el olvido.

Tantas cosas he aprendido de ustedes, los hombres.
He aprendido que todo el mundo quiere vivir en la cima de la montaña, sin saber que la verdadera felicidad
está en la forma de subir la escarpada.

He aprendido que cuando un recién nacido aprieta con
su pequeño puño, por vez primera, el dedo de su padre,
lo tiene atrapado por siempre.

He aprendido que un hombre sólo tiene derecho a mirar a otro hacia abajo, cuando ha de ayudarle a levantarse.

Son tantas cosas las que he podido aprender de ustedes, pero realmente de mucho no habrán de servir, porque cuando me guarden dentro de esa maleta, infelizmente me estaré muriendo.

Johnny Welch

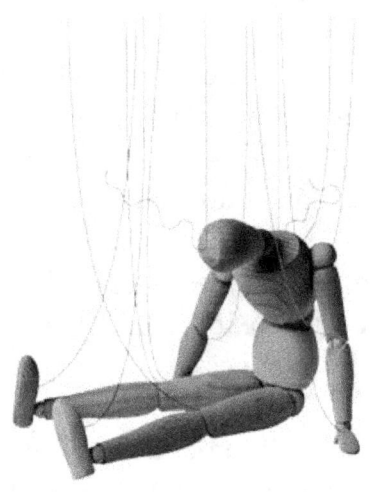

¿QUÉ ES UNA NIÑA?

Las niñas vienen en cinco colores: negro, blanco, rojo, amarillo y café, pero usted siempre obtiene su color preferido al hacer el pedido, para ellas no existe la ley del precio pues hay millones de niñas pequeñas, pero cada una es tan valiosa como una finísima joya.

Cuando las crea el Cielo, se utiliza parte de la materia prima de muchas de las criaturas de la naturaleza: del ruiseñor los cantos, de las mulitas la terquedad, del mono las monerías, los brincos de las ranitas, la curiosidad interminable del gato y la mente incomprensible y misteriosa de la mujer.

Ella puede ser la más cariñosa del mundo y también la más necia. Se le encuentra: brincando, cantando y haciendo toda clase de ruidos que le enojarán; cuando le llame la atención se quedará quietecita, humilde y con ese brillo celestial en su mirada. Ella es la inocencia jugando en la tierra, la belleza echando maromas y también la más dulce expresión del amor cuando arrulla y duerme a sus muñecas.

Una niña nace con un brillo angelical del que siempre queda suficiente luz para robarnos el corazón, aunque se siente en el lodo, llore a todo volumen, haga una rabieta o camine por la banqueta presumiendo con la ropa y los zapatos de mamá.

Le encantan los zapatos nuevos, las muñecas, los helados, los vestiditos domingueros, los moños para adornarse el cabello, ir a su escuelita, los pajaritos, la niña de la vecina, jugar a la casita, a la tiendita, el baile, los libros, los libros para iluminar, el polvo de maquillaje y el perfume.

No le gustan los perros grandes, ni los niños, ni que le peinen el cabello.

Es la más ruidosa cuando usted piensa en sus problemas, la más bonita cuando le ha hecho desesperar, la más ocupada a la hora de dormir, la más seria e irresponsable cuando quiere lucirla a las visitas y la más coqueta cuando ha resuelto que no volverá a salirse con la suya; nadie le da mayor disgusto o alegría, o el más legítimo orgullo que esta mezcla de Caperucita Roja y Mickey Mouse.

Puede desarreglarle sus papeles de trabajo, el cabello y la cartera, hacerlo perder tiempo y dinero y precisamente en ese instante aparece su aureola angelical quitando como por encanto todo disgusto.

A veces le desesperarán sus gritos y alborotos; pero cuando usted siente fallar al mundo en contra suyo, sus anhelos y esperanzas más distantes... Ella, sola, le convierte a usted en un rey o reina cuando se sienta en sus rodillas, lo abraza tiernamente y le dice muy quedito:

¡Papi, Mami los quiero muchos!

LA BOTELLA

Un hombre estaba perdido en el desierto, destinado a morir de sed. Por suerte, llegó a una cabaña vieja, desmoronada sin ventanas, sin techo. El hombre anduvo por ahí y se encontró con una pequeña sombra donde acomodarse para protegerse del calor y el sol del desierto. Mirando a su alrededor, vio una vieja bomba de agua, toda oxidada. Se arrastró hacia allí, tomó la manivela y comenzó a bombear, a bombear y a bombear sin parar, pero nada sucedía. Desilusionado, cayó postrado hacia atrás, y entonces notó que a su lado había una botella vieja. La miró, la limpió de todo el polvo que la cubría, y pudo leer que decía: "Usted necesita primero preparar la bomba con toda el agua que contiene esta botella mi amigo, después, por favor tenga la gentileza de llenarla nuevamente antes de marchar".

El hombre desenroscó la tapa de la botella, y vio que estaba llena de agua... ¡llena de agua! De pronto, se vio en un dilema: si bebía aquella agua, él podría sobrevivir, pero si la vertía en esa bomba vieja y oxidada, tal vez obtendría agua fresca, bien fría, del fondo del pozo, y podría tomar toda el agua que quisiese, o tal vez no, tal vez, la bomba no funcionaría y el agua de la botella sería desperdiciada. ¿Qué debiera hacer? ¿Derramar el agua en la bomba y esperar a que saliese agua fresca... o beber el agua vieja de la botella e ignorar el mensaje? ¿Debía perder toda aquella agua en la esperanza de aquellas instrucciones poco confiables escritas no sé cuánto tiempo atrás?...

Al final, derramó toda el agua en la bomba, agarró la manivela y comenzó a bombear, y la bomba comenzó a rechinar, pero ¡nada pasaba! La bomba continuaba con sus ruidos y entonces de pronto surgió un hilo de agua, después un pequeño flujo y finalmente, el agua corrió con abundancia... Agua fresca, cristalina. Llenó la botella y bebió ansiosamente, la llenó otra vez y tomó aún más de su contenido refrescante. Hizo esto repetidamente hasta saciar completamente su sed.

Enseguida, la llenó de nuevo para el próximo viajante, la llenó hasta arriba, tomó la pequeña nota y añadió otra frase:

"Créame que funciona, usted tiene que dar toda el agua, antes de obtenerla nuevamente".

NO JUZGUES A LOS DEMÁS

Era el inicio del año escolar, dentro del salón de clases se encontraba la maestra al frente de sus alumnos de quinto año.

En la fila de adelante hundido en su asiento estaba un niño de nombre Pedro a quien la maestra conocía desde el año anterior.

Sabía que no jugaba bien con los otros niños, que su ropa siempre estaba desaliñada y que frecuentemente necesitaba ir al baño.

Con el paso del tiempo la relación entre ellos se volvió incómoda, al grado que ella sentía gusto al marcar sus tareas con grandes taches en color rojo.

Un día al revisar los expedientes de sus alumnos se llevó una gran sorpresa al descubrir los comentarios de los anteriores profesores de Pedro.

"Es un niño brillante con una sonrisa espontánea, hace sus deberes limpiamente y tiene buenos modales; es un deleite tenerlo cerca".

"Pedro es un excelente alumno, apreciado por sus compañeros pero tiene problemas, su madre tiene una enfermedad incurable y su vida en casa debe ser una constante lucha".

Otro maestro escribió:

"La muerte de su madre ha sido dura para él, trata de hacer su máximo esfuerzo, pero su padre no muestra mucho interés".

Y por último: "Pedro es descuidado, no tiene amigos y en ocasiones se duerme en clase".

La maestra se dio cuenta del problema y se sintió apenada, más aún cuando al llegar Navidad, todos los alumnos le llevaron regalos envueltos en papeles brillantes y hermosos listones, excepto el de Pedro que estaba torpemente envuelto en una bolsa de papel de supermercado.

Algunos niños rieron; la maestra encontró un viejo brazalete de piedras y la cuarta parte de un frasco de perfume, minimizando la risa de los niños al exclamar ¡Que brazalete tan bonito, Pedro! poniéndoselo y rociando un poco de perfume en la muñeca.

Pedro se acercó y le dijo: "Maestra, hoy usted huele como mi mamá".

Ella lo abrazó y lloró.

A medida que trabajaban juntos la maestra percibió que a Pedro, mientras más lo motivaba, mejor respondía, al final del año era uno de los niños más listos de la clase, volviéndose su consentido. Ambos se adoraban.

Un año después, encontró una nota de Pedro que decía "Usted es la mejor maestra que he tenido en toda mi vida".

Años después, recibió otra carta, diciéndole que pronto se graduaría de la Universidad con los máximos honores. Y le aseguró nuevamente que era la mejor maestra que había tenido en su vida.

Pasaron otros cuatro años y llegó otra carta, ésta vez le explicó que después de haber recibido su título universitario había decidido continuar estudiando y nuevamente le recordó que ella era la mejor.

Solo que ahora su nombre era más largo y la carta estaba firmada por el Cardiólogo Pedro Alonso.

El tiempo siguió su marcha y en una carta posterior, Pedro le decía que había conocido a una chica y que se iba a casar. Explicó que su padre había muerto hacía dos años y él preguntaba si ella accedería a sentarse en el lugar que normalmente está reservado para la mamá del novio.

Por supuesto, la maestra aceptó.

El día de la boda lució aquel brazalete con varias piedras faltantes y se aseguró de usar el mismo perfume, con el que Pedro recordaba el calor de su mamá.

Se abrazaron y él susurró al oído de su maestra preferida, "Gracias, gracias por creer en mí. ¡Muchas gracias! por hacerme sentir importante y por enseñarme que yo podía hacer la diferencia. ¡Gracias querida maestra!"

REGLAS SENCILLAS

El mundo sería mejor si todos tuviésemos siempre en cuenta estas sencillas reglas:

Si abriste, cierra.

Si encendiste, apaga.

Si conectaste, desconecta.

Si desordenaste, ordena.

Si ensuciaste, limpia.

Si rompiste, arregla.

Si no sabes arreglar, busca al que sepa.

Si no sabes que decir, cállate.

Si debes usar algo que no te pertenezca, pide permiso.

Si te prestan, devuelve.

Si no sabes cómo funciona, no toques.

Si es gratis, no lo desperdicies.

Si no es asunto tuyo, no te entrometas.

Si no sabes hacerlo mejor, no critiques.

Si no puedes ayudar, no molestes.

Si prometiste, cumple.

Si ofendiste, discúlpate.

Si no sabes, no opines.

Si opinaste, hazte cargo.

Si algo te sirve, trátalo con cariño.

Si no puedes hacer lo que quieres, trata de querer lo que haces.

Por eso...

Si vas engañar, que sea a tu estómago.

Si vas a llorar, que sea de alegría.

Si vas a mentir, que sea tu edad.

Si vas a robar, que sea un beso.

Si vas a perder, que se pierda el miedo.

Si existe hambre, que sea de amor.

Si es para ser feliz, que sea todo, todo el tiempo.

LAS DOS RANITAS

 Una vez habían dos ranitas que aprovechando su día libre salieron a pasear por una hermosa mansión. Cuando llegaron a la cocina en busca de algo de comer, se resbalaron en unas gotas de aceite para caer en una gran olla de crema.

Ambas desesperadas comenzaron a defenderse de la masa movediza que las iba devorando, hasta que una de ella dijo:

–Querida amiga ha llegado mi hora, por más que me esfuerce nunca podré salir con vida de esta situación, no tengo opción yo me entrego, mi vida ha terminado... –y dejando de patalear, lentamente fue desapareciendo de la superficie.

La amiga, por su parte pensó: "Yo no sé si hoy es mi día, así que no me entregaré, en todo caso seguiré luchando hasta que Dios me llame, pero que antes observe que hice todo lo imposible para conservar mi vida". La ranita siguió sin descanso moviendo sus patas, y lo hizo con tanta decisión y con tanta voluntad, que sin darse cuenta la crema se hizo sólida convirtiéndose en manteca, pudiendo así pisar firmemente y escapar tranquilamente.

EL DINERO

El dinero comprará:

Una cama pero no sueño.

Libros pero no sabiduría.

Comida pero no apetito.

Adornos pero no belleza.

Atención pero no amor.

Una casa pero no un hogar.

Un reloj pero no tiempo.

Medicina pero no salud.

Lujo pero no cultura.

Asombro pero no respeto.

Póliza de seguros pero no paz.

Diversión pero no felicidad.

Un crucifijo pero no un Salvador.

DEPENDE DE LA FORMA

Un Sultán soñó que había perdido todos los dientes.

Después de despertar, mandó llamar a un Sabio para que interpretase su sueño.

"¡Qué desgracia Mi Señor!", exclamó el Sabio, "cada diente caído representa la muerte de un pariente suyo".

"¡Qué insolencia!", gritó el Sultán enfurecido, "¿Cómo te atreves a decirme semejante cosa? ¡Fuera de aquí!" Llamó a su guardia y ordenó que le dieran cien latigazos.

Más tarde ordenó que le trajesen a otro Sabio y le contó lo que había soñado. Este, después de escuchar al Sultán con atención, le dijo:

"¡Excelente Señor! Gran felicidad te fue reservada. El sueño significa que vivirá más que todos sus parientes".

Se iluminó el semblante del Sultán con una gran sonrisa y ordenó que le dieran cien monedas de oro.

Cuando éste salía del Palacio, uno de los cortesanos le dijo admirado:

"¡No es posible! La interpretación que hiciste de los sueños es la misma que el primer Sabio. No entiendo porque al primero le pagó con cien latigazos y a ti con cien monedas de oro".

"Recuerda bien amigo mío...", respondió el segundo Sabio, "que todo depende de la forma en el decir... uno de los grandes desafíos de la humanidad es aprender a comunicarse".

De la comunicación depende, muchas veces, la felicidad o la desgracia, la paz o la guerra. La verdad debe ser dicha en cualquier situación, de esto no cabe duda, mas la forma en que debe ser comunicada es lo que provoca en algunas ocasiones, enormes problemas.

La verdad puede compararse con una piedra preciosa. Si la lanzamos contra el rostro de alguien, ésta puede herir, pero si la envolvemos en un delicado paquete y la ofrecemos con ternura, ciertamente será aceptada con agrado.

ESTRÉS

A nadie le gusta sentir la sensación de palpitar en el pecho y dolor de cabeza que origina el estrés cuando no lo puede descargar. Entender cómo surge y cómo controlarla nos hará más tranquila nuestra vida diaria. Un grito del jefe, un embotellamiento de tráfico, una pelea con nuestra pareja o cualquier otro disgusto pueden provocar esa desagradable sensación en el cuerpo.

¿Por qué surge? Básicamente, esas reacciones físicas nos preparan para responder. Por ejemplo, un cazador puede sentir tensión al momento de cazar. Se acelera el sistema cardíaco y los músculos reciben más sangre. Esas reacciones alertan todo su cuerpo para un solo objetivo: matar a su presa. Encuentra una salida física a esa presión, matando a su presa. Un boxeador tiene un gran estrés antes de su combate y lo descarga contra su oponente. Y cuando se expresa esa energía interna, la tranquilidad gradualmente vuelve al cuerpo.

Es por eso, que es tan emocionante subirse a un juego como la montaña rusa. Sentimos estrés y descargamos esa energía gritando a todo pulmón. Después, nos sentimos aliviados.

Pero ¿Qué pasa en nuestra vida diaria? Si no te gusta que te grite tu jefe, el estrés prepara tu cuerpo para una sola cosa… ¡gritarle también o agarrarlo a golpes! Pero no puedes, porque te corren ¿verdad? Entonces, reprimes ese deseo. Cada vez que estás en situación de tensión, el cuerpo segrega corticosteroides, que son hormonas que en grandes cantidades dañan al sistema inmunológico, si no encuentran una salida.

Es como si llamaras a un bombero, para que apagara el fuego de tu edificio ¿Qué pasa si hay fuego? Se apaga. Pero si no hay fuego, y cada rato el bombero le echa agua, el resultado va a ser que el edificio se va a saturar de agua, perderá su resistencia, se debilita su estructura y eventualmente se va a derrumbar. Esto último es lo que hacen los corticosteroides, si no hay "fuego" que apagar. Si no descargas físicamente tu tensión. Cuando el edificio de tu cuerpo se debilita y derrumba, es cuando te enfermas o duele mucho la cabeza. En casos extremos, puede originar toda clase de problemas estomacales, enfermedades cardíacas y según algunos expertos, hasta ciertos tipos de cáncer.

¿Qué puedes hacer para liberar esa tensión? En primera, hacer ejercicio. Cualquier tipo de actividad que eleve tu ritmo cardiaco un poco más de lo normal por lo menos por 30 minutos diarios hará que descargues todas las hormonas acumuladas durante el día anterior.

Segundo, ejercicios de relajación. Respirar y exhalar profundamente tres veces y después imaginarte en un lugar tranquilo, cuando menos por tres minutos. A los enfermos, se les recomienda hacer esto durante 15 minutos, tres veces al día. Esto relaja al cuerpo y mejora su sistema inmunológico.

¿Y si no tengo tiempo para sentarme a meditar? Imagina una escena que te transmita tranquilidad.

Puede ser un bosque, un río, la playa, el mar.... Una perra con sus cachorros, cualquier escena que te transmita tranquilidad. Y siente la paz que te hacen sentir esas imágenes. Y cuando en tu vida diaria sientas estrés, recuerda por un instante esas escenas. Y te sentirás más relajado.

El estrés puede llegar a ser mortal. ¡No te dejes vencer por él!

LA MEDIA COBIJA

Don Roque era ya un anciano cuando murió su esposa. Durante largos años había trabajado con ahínco para sacar adelante a su familia. Su mayor deseo era ver a su hijo convertido en un hombre de bien, respetado por los demás, ya que para lograrlo dedicó su vida y su escasa fortuna.

A los setenta años, Don Roque se encontraba sin fuerzas, sin esperanzas, solo y lleno de recuerdos. Esperaba que su hijo, ahora brillante profesional, le ofreciera su apoyo y comprensión, pero veía pasar los días sin que éste apareciera, y decidió por primera vez en su vida pedirle un favor.

Don Roque tocó la puerta de la casa donde vivía el hijo con su familia.

–¡Hola papá, qué milagro que vienes por aquí!

–Ya sabes que no me gusta molestarte, pero me siento muy solo; además estoy cansado y viejo.

–Pues a nosotros nos da mucho gusto que vengas a visitarnos, ya sabes que ésta es tu casa.

–Gracias hijo, sabía que podía contar contigo, pero temía ser un estorbo.

Entonces, ¿no te molestaría que me quedara a vivir con ustedes? ¡Me siento tan solo!

–¿Quedarte a vivir aquí? Si... claro... pero no sé si estarías a gusto. Tu sabes, la casa es chica... mi esposa es muy especial... y luego los niños...

–Mira, hijo, si te causo muchas molestias olvídalo. No te preocupes por mí, alguien me tenderá la mano.

–No padre, no es eso. Sólo que... no se me ocurre donde podrías dormir. No puedo sacar a nadie de su cuarto, mis hijos no me lo perdonarían... o solo que no te moleste...

–¿Qué hijo?

–Dormir en el patio...

–Dormir en el patio... está bien.

El hijo de Don Roque llamó a su hijo de doce años.

–Dime papá.

–Mira, hijo, tu abuelo se quedará a vivir con nosotros. Tráele una cobija para que se tape en la noche.

–Sí, con gusto...y ¿dónde va a dormir?

–En el patio, no quiere que nos incomodemos por su culpa. Ya ves como es él.

Entonces el niño subió por la cobija. Tomó unas tijeras y la cortó en dos. En ese momento llegó su padre.

–¿Qué haces, porqué cortas la cobija de tu abuelo?

–Sabes papá estaba pensando...

–¿Pensando en qué?

–En guardar la mitad de la cobija para cuando tú seas ya viejo y vayas a vivir a mi casa.

SEÑOR, AYÚDAME

Señor, ayúdame a decir la verdad delante de los fuertes
y a no decir mentiras para ganarme
el aplauso de los débiles.

Si me das fortuna, no me quites la razón.
Si me das éxito, no me quites la humildad.
Si me das humildad, no me quites la dignidad.

Ayúdame siempre a ver la otra cara de la medalla,
no me dejes inculpar de traición a los demás
por no pensar igual que yo.

Enséñame a querer a la gente como a ti mismo
y a no juzgarme como a los demás.

No me dejes caer en el orgullo si triunfo,
ni en la desesperación si fracaso.
Más bien recuérdame que el fracaso
es la experiencia que precede al triunfo.

Enséñame que perdonar es lo más grande del fuerte
y que la venganza es la señal del débil.

Si me quitas el éxito,
déjame fuerza para triunfar del fracaso.

Si yo faltara a la gente, dame valor para disculparme y
si la gente faltara conmigo dame valor para perdonar.

Señor, si yo me olvido de ti, no te olvides de mí.

Mahatma Gandhi

EL COCINERO Y SU HIJA

Una hija se quejaba con su padre acerca de su vida y cómo las cosas le resultaban tan difíciles. No sabía cómo hacer para seguir adelante y creía que se daría por vencida. Estaba cansada de luchar. Parecía que cuando solucionaba un problema, aparecía otro.

Su padre, un chef de cocina, la llevó a su lugar de trabajo. Allí llenó tres ollas con agua y las colocó sobre fuego fuerte. Pronto el agua de las tres ollas estaba hirviendo. En una colocó zanahorias, en otra colocó huevos y en la última colocó granos de café. Las dejó hervir sin decir palabra.

La hija esperó impacientemente, preguntándose qué estaría haciendo su padre. A los veinte minutos el padre apagó el fuego. Sacó las zanahorias y las colocó en una olla. Sacó los huevos y los colocó en otra olla. Coló el café y lo puso en una tercera olla. Mirando a su hija le dijo:

–Querida, ¿qué ves?

–Zanahorias, huevos y café –fue su respuesta–. La hizo acercarse y le pidió que tocara las zanahorias. Ella lo hizo y notó que estaban blandas. Luego le pidió que tomara un huevo y lo rompiera. Luego de sacarle la cáscara, observó el huevo duro. Luego le pidió que probara el café. Ella sonrió mientras disfrutaba de su rico aroma.

Humildemente la hija preguntó:

—¿Qué significa esto, Padre?

Él le explicó que los tres elementos habían enfrentado la misma adversidad: agua hirviendo. Pero habían reaccionado en forma diferente. La zanahoria llegó al agua fuerte, dura. Pero después de pasar por el agua hirviendo se había vuelto débil, fácil de deshacer. El huevo había llegado al agua frágil, su cáscara fina protegía su interior líquido. Pero después de estar en agua hirviendo, su interior se había endurecido.

Los granos de café sin embargo eran únicos. Después de estar en agua hirviendo, habían cambiado al agua.

—¿Cual eres tú?, —le preguntó a su hija—. Cuando la adversidad llama a tu puerta, ¿cómo respondes? ¿Eres una zanahoria, un huevo o un grano de café?

¿Eres una zanahoria que parece fuerte pero que cuando la adversidad y el dolor te tocan, te vuelves débil y pierdes tu fortaleza? ¿Eres un huevo, que comienza con un corazón maleable? ¿Poseías un espíritu fluido, pero después de una muerte, una separación, un divorcio o un despido te has vuelto duro y rígido? Por fuera te ves igual, pero ¿eres amargado y áspero, con un espíritu y un corazón endurecido?

¿O eres como un grano de café? El café cambia al agua hirviente, el elemento que le causa dolor. Cuando el agua llega al punto de ebullición el café alcanza su mejor sabor. Si eres como el grano de café, cuando las cosas se ponen peor, tú reaccionas mejor y haces que las cosas a tu alrededor mejoren.

¿Cómo manejas la adversidad? ¿Eres una zanahoria, un huevo o un grano de café?

COMO EL LÁPIZ

Todos conocemos los lápices, son largos y con un pequeño borrador... para cuando nos equivoquemos, sin embargo, el borrador es mucho menor que el lápiz, indicando de esta manera que a pesar de que nos equivocamos, siempre es más lo que escribimos correctamente, que los errores que cometemos.

Esto nos da a entender que muchas veces creemos que nuestra vida no vale, o que nacimos para tener problemas, dificultades, fracasos o simplemente para ser perdedores.

Las depresiones vienen cuando pensamos que es más lo malo que lo bueno en nuestras vidas, sin embargo, es más lo bueno que hay en nosotros que aquello que solemos llamarle "error".

Adelante, no te detengas por un pequeño error, borra tus errores, escribe encima y continúa, pues Dios te ha dado mucho lápiz, pues conoce tus habilidades, y cree en las cosas buenas que puedes hacer.

Tienes muchas cosas buenas que escribir, y si reflexionas por un momento, te darás cuenta de lo poco que has tenido que borrar, ¿dejarás de escribir tu parte en el libro de la historia en el cual Dios te ha permitido ser co-autor o co-autora? ¿No te gustaría aprovechar esa maravillosa oportunidad? ¡Adelante sigue escribiendo con gusto!

DOS HISTORIAS, UN MENSAJE

Primera historia:

Una vez, un niño entró en la sala de emergencia de un hospital tras haber sido atropellado.

El conductor que lo auxilió, al solicitársele que efectuara el depósito necesario para atender al niño, informó que el no era el familiar del niño, que solamente lo había recogido de la calle, no poseía en ese momento efectivo o cheque que pudiera dejar en garantía, pero que, si el hospital aceptase, efectuaría el depósito a primera hora de la mañana, una vez que contactara a los familiares del niño.

La enfermera, ante la imposibilidad de ordenar que el niño fuera atendido, fue a consultar el caso con uno de los directores del hospital que, justamente esa noche, estaba de guardia.

El médico ejecutivo no dio la orden de atenderlo, pues las políticas y reglamentos del hospital eran muy estrictos, a pesar de que él tenía la autoridad de hacer excepciones. Sin la falta de atención adecuada e inmediata, el niño murió.

Cuando un rato después, el médico fue llamado para firmar el deceso del niño, descubre que éste era su hijo, quien pudo haberse salvado si hubiese sido atendido...

Segunda historia:

Joaquín, un padre de familia, cierto día, cuando regresaba del trabajo, se encontró estancado en un embotellamiento de tránsito infernal. Entonces notó que un señor conducía un elegante auto Mercedes negro último modelo apresuradamente, cortándole el paso a todo el que podía al tratar de abrirse paso entre los vehículos.

Cuando se aproximó al carro de Joaquín, se le atravesó de una manera tan brusca que por poco ocurre una colisión.

En ese momento, Joaquín tuvo deseos de insultarlo e impedirle el paso, "¡Que se cree este tipo, que por solo tener buen carro o ser rico tiene todo el derecho del mundo de manejar como se le da la gana!" Pero de repente algo en su interior le impidió bloquearle el paso y más bien meditó:

"¡El pobre! Está tan nervioso y apurado... ¡Sabrá Dios si tiene un problema serio y necesita llegar cuanto antes a su destino!".

Con estos pensamientos, detuvo por completo su auto y lo dejó pasar.

Al llegar a casa, Joaquín recibió la noticia de que su hijo de tres años había sufrido un grave accidente y había sido llevado al hospital por su esposa.

Inmediatamente se dirigió al hospital; al llegar, su esposa corrió a sus brazos y lo tranquilizó diciéndole: Gracias a Dios todo está bien. El médico cirujano llegó justo a tiempo para salvar la vida de nuestro hijo; ya está fuera de peligro.

Al salir del hospital y llevar a su hijo a casa, notó que en el estacionamiento estaba un área designada para los doctores especialistas. Ahí en un rincón, se encontraba silenciosamente estacionado el Mercedes negro, en el área reservada para el cirujano en turno…

La compasión debe estar siempre presente en nuestras vidas sin importar el nivel de autoridad o importancia que tengamos. Nuestras buenas acciones pueden hacer pequeñas o grandes diferencias, inclusive, sin que lo sepamos, hasta pueden salvarle la vida a nuestros seres queridos.

EL DÍA QUE YO YA NO PUEDA

El día que esté viejo y ya no sea el mismo, ten paciencia y compréndeme. Cuando derrame comida sobre mi camisa y olvide como atarme los zapatos, recuerda las horas que pasé enseñándote a hacer las mismas cosas.

Si cuando converses conmigo repito y repito la misma historia que tú de sobra ya conoces como termina, te pido no me interrumpas y escúchame. Cuando eras pequeño, para lograr que te durmieras tuve que contarte miles de veces el mismo cuento hasta que cerraras tus ojitos.

Cuando estemos reunidos y sin querer me haga mis necesidades no te avergüences ni me regañes y compréndeme, que no tengo la culpa de ello, pues ya no puedo controlarlas. Piensa cuantas veces te ayude de niño y estuve pacientemente a tu lado esperando a que terminaras lo que estabas haciendo.

No me reproches porque no quiera bañarme; no me regañes por ello. Recuerda los momentos que te perseguía por toda la casa y los mil pretextos que inventaba para hacerte más agradable tu aseo.

Acéptame tal como ahora soy y perdóname ya que el niño ahora soy yo...

Cuando me veas inútil e ignorante frente a todos los aparatos tecnológicos que ya no podré entender, te suplico que me dediques todo el tiempo que sea necesario para entenderlos, y te pido por favor que evites lastimarme con tu sonrisa burlona y sarcástica. Acuérdate que fui yo el que te enseñó tantas cosas; a comer, a vestirte y trate de darte la mejor educación posible para que así pudieras enfrentar la vida tan bien como lo haces, son el producto de mi esfuerzo y perseverancia por ti.

Cuando en alguna ocasión mientras conversemos me llegue a olvidar del tema del que estamos hablando, dame todo el tiempo que sea necesario hasta que yo recuerde y si no puedo hacerlo no te burles de mí. Tal vez era poco importante lo que hablaba pero a mi me bastaba con que solo me escucharas en ese momento.

Si alguna vez ya no quiero comer o no puedo terminar la comida, no me insistas. Se cuanto puedo hacer y cuanto no debo hacer. También comprende que con el paso del tiempo ya no tengo dientes para morder ni gusto para saborear. Cuando me fallen mis piernas por estar cansadas para andar, dame una mano tierna para apoyarme, como lo hice yo cuando recién comenzabas a caminar con tus débiles piernitas.

Por último, cuando algún día me oigas decir que ya no quiero vivir y solo desearía morir, no te enfades, ni me reproches, ni te vuelvas frió e indiferente ante mis comentarios. Algún día entenderás que esto no tiene nada que ver con tu cariño ni con cuanto te amo. Te pido trates de comprender que ya no vivo sino mas bien sobrevivo y eso no es vivir. Siempre quise lo mejor para ti y nuestra familia y he preparado los caminos que has debido recorrer. Piensa entonces que con el paso que me adelanto a dar estaré construyendo para ti otra ruta en otro tiempo y en otro lugar más divino… pero siempre, siempre estaré contigo.

No te sientas triste o impotente por verme como me ves; más viejo, cansado, débil y dependiente de los demás –una "verdadera carga" de acuerdo a la opinión de muchos. Mas bien, dame tu corazón, compréndeme y apóyame como yo lo hice cuando empezaste a vivir… de la misma manera como te he acompañado en tu sendero te ruego me acompañes a terminar el mío. Dame amor, paciencia y comprensión que yo te devolveré gratitud y sonrisas con el inmenso amor que siempre he tenido por ti.

LA VASIJA

Un cargador de agua de la India tenía dos grandes vasijas que colgaban a los extremos de un palo y que llevaba encima de los hombros. Una de las vasijas tenía varias grietas, mientras que la otra era perfecta y conservaba toda el agua al final del largo camino a pie, desde el arroyo hasta la casa de su patrón, pero cuando llegaba, la vasija rota sólo tenía la mitad del agua.

Durante dos años completos esto fue así diariamente, desde luego la vasija perfecta estaba muy orgullosa de sus logros, pues se sabía perfecta para los fines para los que fue creada. Pero la pobre vasija agrietada estaba muy avergonzada de su propia imperfección y se sentía miserable porque sólo podía hacer la mitad de todo lo que se suponía que era su obligación.

Después de dos años, la tinaja quebrada le habló al aguador diciéndole:

—Estoy avergonzada y me quiero disculpar contigo porque debido a mis grietas sólo puedes entregar la mitad de mi carga y sólo obtienes la mitad del valor que deberías recibir.

El aguador, hizo una pausa y apesadumbrado, le dijo compasivamente:

—Cuando regresemos a la casa quiero que notes las bellísimas flores que crecen a lo largo del camino.

Así lo hizo la vasija. Y en efecto vio muchas flores hermosas a lo largo del camino, pero de todos modos se sintió apenada porque al final, sólo quedaba dentro de sí la mitad del agua que debía llevar. El aguador le dijo entonces

–¿Te diste cuenta de que las flores sólo crecen en tu lado del camino? Siempre he sabido de tus grietas y quise sacar el lado positivo de ello. Sembré semillas de flores a todo lo largo del camino por donde vas y todos los días las has regado y por dos años yo he podido recoger estas flores para decorar el altar de mi Maestro. Si no fueras exactamente como eres, con todo y tus defectos, no hubiera sido posible crear esta belleza.

Cada uno de nosotros tenemos nuestras propias grietas. Todos somos de alguna manera "vasijas agrietadas, imperfectas", pero debemos tener la confianza y saber que siempre existe la posibilidad de aprovechar dichas grietas para lograr y obtener siempre algo bueno en esta vida.

EL VALOR DE LAS COSAS

Una familia se había comprado un auto nuevo, 0 km. hermoso, se mire por donde se mire, el tapizado, el color... todo. El padre amaba ese auto, su esfuerzo estaba allí.

Salieron él, su esposa y el pequeño de ambos de solo 3 años; llegando a una estación de servicio bajan los padres y dejan al niño en el auto, cerrando las puertas... el niño, encontró un marcador permanente y comenzó a escribir en todo aquel tapizado, con un gran entusiasmo y amor, –ya que los niños hacen sus cosas en esta condición.

Después de un rato llegan los padres y al ver el cuadro, el padre comenzó a encenderse en furia y al ver su "hermoso tapizado" todo rallado, comenzó a golpear al niño en sus manos y a golpearlo con mucha fuerza... hasta que tuvieron que sacarle al niño de entre sus golpes. El niño estaba en tan mal estado que tuvieron que llevarlo a emergencias.

Suena el teléfono en casa de la familia y atiende el padre... los llamaban del hospital, era necesario que se presentaran, se habían complicado las cosas... Ambos padres se presentan al hospital y haciendo una gran pausa el cirujano en turno, les notifica tristemente que debieron amputarle las manos al niño, ya que no había otra opción posible.

Entrando el padre a la habitación el niño le dice sonriente... ¡Hola papi... ya aprendí la lección... no lo voy a hacer más papi... pero por favor devuélveme mis manitas! El padre se quedo completamente mudo, paralizado por la escena. Su esposa, inconsolable al pie de la cama abrazando al niño que aun no comprendía que sus manitas... jamás podrían ser recuperadas.

El hombre no dijo nada, salió en completo silencio y con el rostro inundado de lagrimas, de ahí, llegó hasta donde estaba su carro nuevo, y lo comenzó a golpear con los puños cerrados, una y otra vez sin parar, hasta romper cada uno de sus huesos... después de esto, se dirigió al puente más alto de la ciudad, alzó los ojos al cielo y murmuró algo... como si estuviera pidiendo perdón, y acto seguido, se arrojó al vacío.

¿Por qué le damos tanta importancia a las cosas materiales al grado de lastimar a nuestros seres queridos?

"Un día nací, un día moriré, y nada me llevaré, pero ¿estoy realmente viviendo?" "Una casa está hecha de roca y madera,...y un hogar... de amor y entrega".

SOY CIEGO

Dicen que una vez, había un ciego sentado en la banqueta de la calle, con una gorra a sus pies y un pedazo de cartón que, escrito con tinta negra, decía: "Por favor ayúdeme, soy ciego".

Un señor ejecutivo especialista en publicidad que pasaba frente a él, se detuvo y observó solo unas pocas monedas en la gorra. Sin pedirle permiso al ciego, tomó el cartel, le dio vuelta, saco su bolígrafo de su saco y escribió otro anuncio.

Volvió a poner el pedazo de cartón sobre los pies del ciego y se fue.

Por la tarde el ejecutivo volvió a pasar frente al ciego que pedía limosna. Su gorra estaba llena de billetes y monedas. El ciego reconoció sus pasos y le preguntó si había sido él el que rescribió su cartel y sobre todo... ¿qué había escrito?

El ejecutivo le contestó: "Nada que no sea tan cierto como tu anuncio, pero con otras palabras", sonrió y siguió su camino.

El ciego nunca lo supo, pero su nuevo cartel decía: "HOY ES PRIMAVERA... Y NO PUEDO VERLA".

¡Cambiemos de estrategia cuando no nos sale algo, y veremos que de esa manera puede que resulte!

PARA MIS HIJOS

Para mis hijos
sí, para mis hijos todo mi tiempo
mi amor y mis sentidos
todos los trucos, mi amor
y mi conciencia
todos los sueños y toda mi presencia

Para mis hijos
sí, para mis hijos
todos mis callos y todos mis delitos
todas mis horas y todo lo infinito
mis necedades, tesón y requisitos

Para mis hijos
no quiero adversidades
los quiero claros, sinceros y gigantes
para mis hijos
no quiero enemistades
los quiero gratos
sonrientes y brillantes

Para mis hijos
no quiero oscuridades,
los quiero listos, precisos y pensantes

Para mis hijos
no quiero ser sobrante
los quiero buenos, humanos y triunfantes

Para mis hijos
sí, para mis hijos
hazme brillante, genial y muy
paciente, hazme preciso,
jovial e inteligente
hazme un buen padre alegre y eficiente.

EL ELEFANTE DEL CIRCO

Cuando yo era chico me encantaban los circos, y lo que más me gustaba eran los animales. Me llamaba poderosamente la atención, el elefante. Después de su actuación, el elefante quedaba sujeto solamente por una cadena que aprisionaba una de sus patas a una pequeña estaca clavada en el suelo.

Sin embargo la estaca era un minúsculo pedazo de madera, apenas enterrado unos centímetros en la tierra. Y aunque la cadena era gruesa y poderosa, me parecía obvio que ese animal, capaz de arrancar un árbol de cuajo con su propia fuerza, podría con facilidad arrancar la estaca y huir.

¿Qué lo sujeta entonces? ¿Por qué no huye?

Cuando era chico, pregunte a los adultos. Algunos de ellos me dijeron que el elefante no escapaba porque estaba amaestrado. Hice entonces, la pregunta obvia...

–Si está amaestrado, ¿por qué lo encadenan? No recuerdo haber recibido ninguna respuesta coherente.

Con el tiempo, me olvidé del misterio del elefante y la estaca.

Hace algunos años descubrí que alguien había sido lo suficientemente sabio como para encontrar la respuesta: "El elefante del circo no escapa porque ha estado atado a una estaca parecida desde que era muy, muy pequeño".

Cerré los ojos e imaginé al indefenso elefante recién nacido sujeto a la estaca. Estoy seguro de que, en aquel momento el elefantito empujó, tiró y sudó tratando de soltarse. Y a pesar de todo su esfuerzo, no pudo. La estaca era ciertamente muy fuerte para él. Imaginé que se dormía agotado y al día siguiente lo volvía a intentar, y al otro día y al otro...

Hasta que un día, un terrible día para su historia, el animal aceptó su impotencia y se resignó a su destino.

Este elefante enorme y poderoso que vemos en el circo no escapa porque *¡cree que no puede!*

Tiene grabado el recuerdo de la impotencia que sintió poco después de nacer. Y lo peor es que jamás se ha vuelto a cuestionar seriamente ese recuerdo. Jamás, jamás intentó volver a poner a prueba su fuerza.

Y tú, ¿tienes algo de elefante?

Cada uno de nosotros somos un poco como ese elefante: vamos por el mundo atados a cientos de estacas que nos restan libertad.

Vivimos pensando que "no podemos" hacer muchas cosas simplemente porque alguna vez probamos y no pudimos. Hicimos entonces lo mismo que el elefante, y grabamos en nuestra memoria este mensaje: No puedo, No puedo y jamás podré.

Muchos de nosotros crecimos portando ese mensaje que nos impusimos a nosotros mismos y nunca más lo volvimos a intentar ni cuestionar.

Esto es lo que nos pasa, vivimos condicionados por el recuerdo de una persona que ya no existe en nosotros, que no pudo.

Tu única manera de saber si *puedes* es intentarlo poniendo en ello *¡todo tu corazón y fe!*

LA CITA

Después de más de 21 años de matrimonio, descubrí una nueva manera de mantener viva la chispa del amor. Pues desde hace poco tiempo había comenzado a salir con otra mujer... en realidad la idea había sido de mi esposa.

Tú sabes que la amas –me dijo un día, tomándome por sorpresa–. La vida es muy corta, dedícale tiempo. Pero yo te amo a ti –protesté.

Lo sé. Pero también la amas a ella.

La otra mujer, a quien mi esposa quería que yo visitara, era mi madre, viuda desde hacía casi 20 años, pero los compromisos de trabajo y nuestras múltiples actividades familiares hacían que solo la visitara ocasionalmente.

Sin embargo esa noche la llamé para invitarla a cenar y al cine.

–¿Qué te ocurre? ¿Estás bien? –me preguntó un tanto preocupada. Mi madre es el tipo de mujer que una llamada tarde en la noche, o una invitación sorpresiva es indicio de malas noticias.

–Pensé que sería agradable pasar algún tiempo contigo, le respondí. Solo los dos, sin esposa y sin nietos. ¿Qué opinas?

Reflexionó sobre la propuesta por tan solo un segundo.

–Me gustaría muchísimo –respondió.

Ese viernes por la tarde mientras conducía para recogerla después de la oficina, me encontraba nervioso, era el nerviosismo que antecede a una cita... y ¡para mi sorpresa!, cuando llegué a casa, advertí que ella también estaba muy emocionada.

Me esperaba en la puerta con su viejo, pero elegante abrigo puesto, se había rizado el pelo y usaba el vestido con el que celebró su último aniversario de bodas, su rostro sonreía, irradiaba luz cual si fuera un ángel.

–Les dije a mis amigas que iba a salir con mi hijo, y se mostraron muy impresionadas. –Me comentó mientras subía a mi auto. –Se mueren de las ansias por escuchar acerca de nuestra velada.

Fuimos a un restaurante no muy elegante, pero eso sí muy acogedor, mi madre se aferró a mi brazo como si fuera "la primera dama de la nación". Cuando nos sentamos, tuve que leerle el menú pues sus ojos ya cansados no alcanzaban a distinguir muy bien las letras tan pequeñas.

Cuando iba por la mitad de las entradas, levanté la vista; mamá estaba sentada al otro lado de la mesa, y me miraba. Una sonrisa nostálgica se le delineaba en los labios.

–Era yo quien te leía el menú cuando eras pequeño. ¿Recuerdas?

–Entonces es hora de que te relajes y me permitas devolver el favor –respondí.

Durante la cena tuvimos una agradable y amena conversación; nada extraordinario, sólo ponernos al día con la vida del otro. Hablamos tanto que se nos pasó la hora para ir al cine.

–Saldré contigo otra vez, pero sólo si me dejas invitar, dijo mi madre cuando la llevé a casa. Asentí, la besé, la abracé y me despedí con ternura.

–¿Cómo estuvo tu cita? –quiso saber mi esposa cuando llegué aquella noche

–Muy agradable, mucho más de lo que imaginé, gracias por regalarme este tiempo con ella, le contesté.

Días más tarde mi madre murió de un ataque al corazón, todo fue tan rápido, no se pudo hacer nada.

Al poco tiempo recibí un sobre del restaurante donde habíamos cenado aquella noche mi madre y yo, y una pequeña nota que decía: "La cena está pagada por anticipado, estaba casi segura, de que no podría estar allí, pero igual pagué para dos, para ti y para tu esposa, jamás podrás entender lo que nuestra cita significó para mí. ¡Te amo!".

–En ese momento comprendí la importancia de decir a tiempo "te amo" y de darles a nuestros seres queridos el espacio y la atención que se merecen; nada en la vida será más importante que Dios y tu familia, dales tiempo y dedícales más de ti, porque ellos no pueden esperar.

No te demores más, no lo dejes para otro día, olvídate de los pretextos: "cuando tengamos más dinero", "cuando termine este importante proyecto", "cuando no esté tan cansado"... Recuerda: *sólo se vive una vez.*

LA NOCHE QUEDÓ ATRÁS

La noche quedó atrás,
un nuevo día se asoma en tu horizonte de ventura.
En lo que fuera llanto, hay alegría
en lo que fue rencor, hoy hay ternura.

Ya eres otro.
Bajo el conjuro de la palabra "Amor" te has superado.
Todo es más noble en ti. Todo es más puro,
porque todo de amor se te ha llenado.

¡Amar y solo amar!
Esa es la clave que mueve al universo, a la vida.
Lo duro de la senda es más suave si tú puedes decir:
"Ama y olvida".

Amar a Dios, a ti, al mundo entero.
A los que tú conoces, al extraño,
al rico, al poderoso, al pordiosero,
al que te da la paz o te hace daño.

¡Tú ya eres otro!,
porque has podido arrancar la cadena que te ataba
a tu eterno "Imposible",
y has sabido trasponer el dolor que te agobiaba.

Llena tu mente de las cosas buenas,
de las cosas positivas que construyen
y deja en el ayer todas tus penas,
las negaciones que todo lo destruyen.

Tu hogar será de dicha,
y en los tuyos hallarás el "Por qué" de tu camino.
Y todo para ti será de orgullo,
y tus hijos tendrán otro destino.

Y tú que eres soltera,
buscarás, no al hombre que halague tus sentidos,
sino al alma que te comprenda más,
porque el alma hace al hombre y no el vestido.

La noche quedó atrás.
Un nuevo día se anuncia en el dintel de tu ventana.
Ya no dejes que escape tu alegría
ni que vuelva el ocaso a tu mañana.

Ya no vivas de ayeres, de lamentos.
Ya no suenes tu nota discordante.
Piensa siempre en todos tus momentos,
¡que la vida comienza a cada instante!

Víctor Manuel Otero González

¿QUÉ ES UN NIÑO?

Entre la inocencia de la infancia y la dignidad de la madurez encontramos una encantadora criatura llamada niño.

Los niños vienen en diferentes medidas, pesos y colores, pero todos tienen el mismo credo: disfrutar cada segundo, de cada minuto, de cada hora, de cada día y de protestar ruidosamente (su única arma) cuando el último minuto se termina y los padres los meten a la cama.

A los niños se les encuentra dondequiera: encima, debajo, dentro, trepando, colgando, corriendo o brincando. Las mamás los adoran, las niñas los detestan, los hermanos mayores los toleran, los adultos los ignoran y el Cielo los protege.

Un niño es la verdad con la cara sucia, la belleza con una cortada en el dedo, la sabiduría con el chicle en el pelo y la esperanza del futuro con una rana en el bolsillo.

Cuando estás ocupado, un niño es un carnaval de ruido desconsiderado, molesto y entrometido; cuando quieres que dé una buena impresión, su cerebro se vuelve de gelatina o se transforma en una criatura salvaje y sádica orientada a destruir el mundo y a sí mismo.

Un niño es una combinación. Tiene el apetito de un caballo, la digestión de un traga espadas, la energía de una bomba atómica, la curiosidad de un gato, los pulmones de un dictador, la imaginación de Julio Verne, la vergüenza de una violeta, la audacia de una trampa de fierro, el entusiasmo de una centella y cuando hace travesuras, siempre dice "no fui yo".

Le encantan los helados, las navajas, las sierras, las navidades, los libros de historietas, el chico de enfrente (su mejor amigo, aunque siempre terminan peleando), el campo, el agua (pero no en la regadera), los animales grandes, papá, los trenes, los sábados por la mañana y los carros de bomberos.

Le desagradan las clases de Doctrina, estar acompañado, los colegios, los libros sin ilustraciones, las clases de música, las corbatas, los peluqueros, las niñas, los abrigos, los adultos y la hora de acostarse.

Nadie más se levanta tan temprano ni se sienta a comer tan tarde. Nadie más puede traer en el bolsillo un cortaplumas oxidado, media manzana, un metro de cordel, un saco vacío, dos pastillas de chicle, seis monedas, una honda, un trozo de sustancia totalmente desconocida y un auténtico anillo supersónico con un compartimiento secreto.

Un niño es una criatura mágica. Puedes cerrarle la puerta de tu despacho, pero no puedes cerrarle la puerta del corazón. Puedes sacarlo de tu estudio, pero no puedes sacarlo de tu mente.

Mejor ríndete; es tu amo, tu carcelero, tu jefe y tu maestro. Pero cuando regresas a casa por las noches con tus sueños y esperanzas hechas trizas, él puede remediarlas y dejarlas como nuevas con dos mágicas palabras: ¡Hola papito, Hola Mamita!

EL CABALLO EN EL POZO

Un campesino, que luchaba con muchas dificultades para salir adelante, poseía algunos caballos para que lo ayudasen en los trabajos de su pequeña hacienda. Un día, su capataz le trajo la noticia de que uno de los caballos había caído en un viejo pozo abandonado. El pozo era muy profundo y sería extremadamente difícil sacar el caballo de allí. El campesino fue rápidamente hasta el lugar del accidente, y evaluó la situación, asegurándose que el animal no se había lastimado. Pero, por la dificultad y el alto precio para sacarlo del fondo del pozo, creyó que no valía la pena invertir en la operación de rescate. Tomó entonces la difícil decisión de decirle al capataz que sacrificase el animal tirando tierra en el pozo hasta enterrarlo, allí mismo.

Y así se hizo. Comenzaron a lanzar tierra dentro del pozo de forma de cubrir al caballo. Pero, a medida que la tierra caía en el animal este la sacudía y se iba acumulando en el fondo, posibilitando al caballo para ir subiendo. Los hombres se dieron cuenta que el caballo no se dejaba enterrar, sino al contrario, estaba usando la tierra que le aventaban para ir subiendo hasta que finalmente consiguió salir.

Si estás "allá abajo", sintiéndote poco valorado, y otros lanzan tierra sobre ti, recuerda el caballo de esta historia. Sacude la tierra y sube sobre ella.

¿DÓNDE ESTÁ DIOS?

Susana saltó de su asiento cuando vio salir al cirujano. Le preguntó: "¿Cómo está mi pequeño? ¿Va a ponerse bien? ¿Cuándo lo podré ver?". El cirujano dijo: "Lo siento, hicimos todo lo que estuvo a nuestro alcance.".

Susana dijo consternada. "¿Por qué a los niños le da cáncer? ¿Es que acaso Dios ya no se preocupa por ellos? ¿Dios dónde estabas cuando mi hijo te necesitaba?"

El cirujano dijo: "una de las enfermeras saldrá en unos momentos para dejarle pasar unos minutos con los restos de su hijo antes de que sean llevados a la universidad". Susana pidió a la enfermera que la acompañara mientras se despedía de su hijo. Recorrió con su mano su cabello rojizo. La enfermera le preguntó si quería conservar uno de los rizos, Susana asintió. La enfermera corto el rizo, lo colocó en una bolsita de plástico y se la dio a Susana.

Susana dijo: "Fue idea de Carlitos donar su cuerpo a la universidad para ser estudiado. Dijo que podría ayudar a alguien más. Eso es lo que él deseaba. Yo al principio me negué, pero él me dijo: 'Mami, no lo usaré después de que me muera, y tal vez ayudará a que un niño disfrute un día más junto a su mamá'. Mi Carlitos tenía un corazón de oro, siempre pensaba en los demás y deseaba ayudarlos como pudiera".

Susana salió del Hospital infantil, por última vez, después de haber permanecido allí la mayor parte de los últimos seis meses. Colocó la maleta con las pertenencias de Carlitos en el asiento del auto, junto a ella. Fue difícil manejar de regreso a casa, y más difícil aún entrar en una casa vacía. Llevó la maleta a la habitación de su hijo y colocó los autos miniaturas y todas las demás cosas justo como él las tenía. Se acostó en la cama y lloró hasta quedarse dormida, abrazando la pequeña almohada de Carlitos.

Despertó cerca de la medianoche y junto a ella había una hoja de papel doblada, abrió la carta que decía: "Querida mamá: Sé que vas a echarme de menos, pero no pienses que te he olvidado, o he dejado de amarte solo porque ya no estoy ahí para decirte 'Te amo'. Pensaré en ti cada día, mamita, y cada día te amaré aún más. Algún día nos volveremos a ver. Si deseas adoptar un niño para que no estés tan solita, podrá estar en mi habitación y podrá jugar con todas mis cosas. Si deseas que sea una niña, probablemente no le gustarán las mismas cosas que a los niños y tendrás que comprarle muñecas y esas cosas.

No te pongas triste cuando pienses en mí, este lugar es grandioso. Los abuelos vinieron a recibirme cuando llegué y me han mostrado algo de acá, pero tomará algo de tiempo verlo todo. Los ángeles son muy amistosos y me encanta verlos volar. Jesús no se parece a todas las imagines que vi de Él, pero supe que era él tan pronto lo vi, ¡Jesús me llevo a ver a Dios! y ¿qué crees, mami? Me senté en su regazo y le hablé como si yo fuera alguien importante, le dije a Dios que quería escribirte una carta para despedirme aunque sabía que no estaba permitido. Dios me dio papel y su pluma personal para escribirte esta carta. Creo que se llama Gabriel el ángel que te la dejará. Dios me dijo que te respondiera a lo que le preguntaste...

¿Dónde estaba Él cuando yo lo necesitaba? Dios dijo: En el mismo lugar que cuando Jesús estaba en la cruz. Estaba justo ahí, como lo está con todos sus hijos. Esta noche estaré a la mesa con Jesús para la cena. Sé que la comida será fabulosa. Casi olvido decirte... Ya no tengo ningún dolor, el cáncer se ha ido. Me alegra, pues ya no podía resistir tanto dolor y Dios no podía resistir verme sufrir de ese modo, así que envió al ángel de la misericordia para llevarme. ¡El Ángel me dijo que yo era una entrega especial!

Firmado con amor de: *Dios, Jesús y Yo*"

ANILLO DE COMPROMISO

Un joven entró a una joyería y pidió que le mostraran el mejor anillo de compromiso que tuvieran. El joyero le presentó uno de oro con una hermosa piedra solitaria que brillaba como un diminuto sol resplandeciente. Contempló el anillo y, con una sonrisa, lo aprobó. Luego preguntó el precio y se dispuso a pagarlo. ¿Se va a casar usted pronto?, preguntó el joyero.

¡No!, ni siquiera tengo novia, respondió el muchacho. La muda sorpresa del joyero animó al joven a dar una explicación.

¿Sabe? este anillo es para mi mamá. Cuando yo iba a nacer estuvo sola. Alguien le aconsejó que abortara para evitarse problemas pero, ella se negó, me quiso y me dio el don de la vida. Y vaya que tuvo muchos problemas. Fue padre y madre para mí y fue amiga y hermana y maestra y me hizo ser lo que soy.

Ahora que puedo le compro este anillo de compromiso. Ella nunca tuvo uno. Yo se lo doy como promesa de que si ella hizo todo por mí, ahora yo haré todo por ella. Quizá después entregue otro anillo de compromiso, pero ese será el segundo.

El joyero no respondió nada. Solamente ordenó a su cajera que le hiciera al muchacho el descuento reservado para los clientes realmente importantes.

LA PIEZA FALTANTE

Narra la historia de una rueda a la que le faltaba un pedazo, pues habían cortado de ella un trozo triangular. La rueda quería estar completa, sin que le faltara nada, así que se fue a buscar la pieza que había perdido.

Pero como estaba incompleta y sólo podía rodar muy despacio, reparó en las bellas flores que había en el camino; charló con los gusanos y disfrutó de los rayos del sol. Encontró montones de piezas, pero ninguna era la que le faltaba, así que las hizo a un lado y prosiguió su búsqueda.

Un día halló una pieza que le venía perfectamente. Entonces se puso muy contenta, pues ya estaba completa, sin que nada le faltara. Se colocó el fragmento en el cuerpo y empezó a rodar. Volvió a ser una rueda perfecta que podía rodar con mucha rapidez.

Giró tan rápidamente, que no veía las flores ni charlaba con los gusanos. Cuando se dio cuenta de lo diferente que parecía el mundo cuando rodaba tan a prisa, se detuvo, dejó en la orilla del camino el pedazo que había encontrado y se alejó rodando lentamente.

La moraleja de este cuento, es que, por alguna razón, nos sentimos más completos cuando nos falta algo. El hombre que lo tiene todo es un hombre pobre en ciertos aspectos: nunca sabrá qué se siente anhelar, tener esperanzas, nutrir el alma con el sueño de algo mejor; ni tampoco conocerá la experiencia de recibir de alguien que lo ama lo que siempre había deseado y no tenía.

Hay integridad en la persona que acepta sus limitaciones y tiene el suficiente coraje para renunciar a sus sueños inalcanzables sin considerar que por eso ha fracasado.

Hay entereza en quien ha aprendido que es lo bastante fuerte para sufrir una tragedia y sobrevivir, que puede perder a un ser querido y aun así sentirse completo. Ha atravesado por la peor experiencia y salido indemne.

Cuando aceptemos que la imperfección es parte de la condición humana y sigamos rodando por la vida sin renunciar a disfrutarla, habremos alcanzado una integridad a la que otros sólo aspiran. Eso, es lo que Dios nos pide: no que seamos perfectos ni que nunca cometamos errores. Sino que seamos íntegros. Y, finalmente, si tenemos suficiente valor para amar, compasión para perdonar, generosidad para alegrarnos con la felicidad ajena y sabiduría para reconocer que hay *amor* de sobra para todo el mundo, entonces podremos alcanzar una satisfacción que nunca otra criatura viviente tendrá jamás.

EL ABRAZO DEL OSO

Alberto era un hombre joven, cuyo hijo había nacido recientemente y era la primera vez que sentía la experiencia de ser papá, un buen día le dieron ganas de entrar en contacto con la naturaleza; pues a partir del nacimiento de su bebe todo lo veía hermoso y aún el ruido de una hoja al caer le sonaba a lindas notas musicales, así fue que decidió ir a un bosque, quería oír el canto de los pájaros y disfrutar toda la belleza. Caminaba plácidamente respirando la humedad que hay en estos lugares, cuando de repente, vio posada en una rama a un águila que lo sorprendió por la belleza de su plumaje.

El águila, también había tenido la alegría de recibir a sus polluelos, y tenía como objetivo llegar hasta el río más cercano, capturar un pez y llevarlo a su nido como alimento, pues significaba una responsabilidad muy grande criar y formar a sus aguiluchos para enfrentar los retos que la vida ofrece. El águila al notar la presencia de Alberto lo miró fijamente y le preguntó:

—¿A dónde te diriges buen hombre?, veo en tus ojos alegría.

—Es que ha nacido mi hijo y he venido al bosque a disfrutar pero, la verdad es que me siento un poco confundido...

—Oye, —preguntó el águila— y ¿qué piensas hacer con tu hijo?

—Pues ahora y desde ahora siempre lo voy a proteger, le daré de comer y jamás permitiré que pase frió, yo me encargaré de que tenga todo lo que necesite, y día con día seré quien lo cubra de las inclemencias del tiempo, voy a defenderlo de los enemigos que pueda tener y nunca dejaré que pase situaciones difíciles, es mi hijo, lo amo y no permitiré que pase problemas o necesidades como las que yo pasé, nunca dejaré que eso suceda, porque para eso estoy aquí, para que él nunca se esfuerce por nada y –para finalizar agregó–, yo como su padre seré fuerte como un oso y con la potencia de mis brazos lo rodearé, lo abrazaré y nunca dejaré que nada ni nadie lo perturbe.

El águila no salía de su asombro, atónita lo escuchaba y no daba crédito a lo que había oído, entonces respirando muy hondo y sacudiendo su enorme plumaje, lo miró fijamente y le dijo:

—Escúchame bien buen hombre. Cuando recibí el mandato de la naturaleza para empollar a mis hijos, también recibí el mandato de construir mi nido, un nido confortable, seguro, a buen resguardo de los depredadores, pero también le he puesto ramas con muchas espinas y ¿sabes por qué?, porque aun cuando estas espinas están cubiertas por plumas, algún día cuando mis polluelos hayan emplumado y sean fuertes para volar, haré desprender todo ese confort y ellos ya no podrán habitar sobre las espinas, eso los obligará a construir su propio nido, todo el valle será para ellos, siempre y cuando realicen su propio esfuerzo para conquistarlo con todo; sus montañas, sus ríos llenos de peces y praderas llenas de conejos. Si yo los abrazara como un oso, reprimiría sus aspiraciones y deseos de ser ellos mismos, destruiría irremediablemente toda su individualidad y haría de ellos individuos indolentes, sin ánimo de luchar, ni alegría para vivir, tarde o temprano lloraría mi error, pues ver a mis aguiluchos convertidos en ridículos representantes de su especie, me llenaría de remordimiento y gran vergüenza, pues tendría que cosechar la impertinencia de mis actos, viendo a mi descendencia imposibilitada para tener sus propios triunfos, fracasos y errores, porque yo quise resolver todos sus problemas.

–Yo amigo mío, –dijo el águila–, podría jurarte que después de Dios he de amar a mis hijos por sobre todas las cosas, pero también he de prometer que nunca seré su cómplice en la superficialidad de su inmadurez, he de entender su juventud, pero no voy a participar de sus excesos, me he de esmerar en conocer sus cualidades pero también sus defectos, y nunca permitiré que abusen de mi, en aras de este amor que les profeso.

El águila calló, y Alberto no supo que decir, pues seguía confundido y mientras entraba en una profunda reflexión, el águila con gran majestuosidad, levanto el vuelo y se perdió en el horizonte.

Alberto empezó a caminar, mientras miraba fijamente el follaje seco disperso en el suelo, solo pensaba en lo equivocado que estaba y el terrible error que iba a cometer, al darle a su hijo un abrazo como el de un oso.

Reconfortado siguió caminando, solo pensaba en llegar a casa, con amor, abrazar a su pequeño bebe, pensando que abrazarlo solo sería por segundos, ya que el pequeño empezaba a tener la necesidad de su propia libertad, para mover piernas y brazos sin que ningún oso protector se lo impidiera. A partir de ese día, Alberto empezó a prepararse para ser el mejor de los padres.

¿A DÓNDE VA TU DINERO?

Este era un billete de $20 dólares y otro de $1 dólar que se encontraban en una bolsa de banco en el edificio de la Reserva Federal en el centro de la ciudad. Mientras se encontraban lado a lado, el billete de un $1 le preguntó a su compañero, "Oye, amigo, ¿dónde has estado? No te he visto en mucho tiempo".

El de $20 respondió: "Amigo, ¡Vaya que he tenido trabajo! He viajado a países distantes, también a los restaurantes más finos, a los casinos más grandes y finos. También he estado en numerosas boutiques, en centros comerciales de lujo en el norte y en el del sur, y también el nuevo que ayudé a construir. De hecho, justo en esta semana estuve en Europa, en América en un partido profesional de la NBA (Liga Nacional de Básquetbol en Estados Unidos), en un rodeo, en un balneario, en un salón estilista de gran clase. ¡He hecho todo eso!

Después de haber descrito todos esos grandiosos viajes, el billete de $20 dólares le preguntó al de $1 "¿y a ti cómo te ha ido? ¿Dónde has estado?". El billete de $1 dólar respondió, "Bueno, he estado en la Iglesia Bautista, Metodista, también en la Iglesia Episcopal; en la Iglesia de Dios, la Católica, la de los Santos de los Últimos Días, la Iglesia de los Discípulos de Cristo, la...

"¡Espera, espera, detente un minuto!" Gritó el billete de $20, "¿!Qué es una iglesia!?"

MI ÁNGEL

Un niño que estaba por nacer, le dijo a Dios.

–Me vas a enviar mañana a la tierra; pero, ¿cómo viviré tan pequeño e indefenso como soy?

–Entre muchos Ángeles escogí uno para ti, que te está esperando: él te cuidará.

–Pero dime: aquí en el cielo, no hago más que cantar y sonreír, eso basta para ser feliz.

–Tu Ángel te cantará, te sonreirá todos los días y tú sentirás su amor y serás feliz.

–Y ¿cómo entender cuando la gente me hable? si no conozco el extraño idioma que hablan los hombres.

–Tu Ángel te dirá las palabras más dulces y más tiernas que puedas escuchar, y con mucha paciencia y cariño te enseñará a hablar.

–Y, ¿Que hará cuando quiera hablar contigo?

–Tu Ángel te juntará las manitas y te enseñará a orar.

–He oído que en la tierra hay hombres malos ¿Quién me defenderá?

–Tu Ángel te defenderá aun a costa de su propia vida.

–Pero estaré siempre triste porque no te veré más señor.

–Tu Ángel te hablará de Mí y te enseñará el camino para que regreses a mi presencia, aunque; Yo siempre estaré a tu lado.

En ese instante, una gran paz reinaba en el cielo pero ya se oían voces terrestres, y el niño presuroso, repetía suavemente:

–Dios Mío, ya me tengo que ir, dime su nombre, ¿Cómo se llama mi Ángel?

Su nombre no importa, tu le llamarás "Mamá".

PON LA PIEDRA MÁS GRANDE

Imagina una caja mediana. Y en ella comienzas a depositar piedras pequeñas. Cuando casi está llena, decides poner la piedra más grande. Ya no hay lugar para ella. Si quieres que la piedra más grande entre, es la que tienes que poner primero. Después, las piedras pequeñas. Hasta que se llene la caja. En nuestra vida es igual.

En tu caja llamada vida, haces tareas rutinarias que no te gustan o no son tan importantes. Pero ocupan casi todo tu tiempo. Cuando quieres hacer lo que más te gusta, lo que realmente te entusiasma... ya no hay espacio.

Y eso se comienza a manifestar en tu inquietud interior... la vocecita de tu alma te grita "escúchame, escúchame, no estoy haciendo lo que más me gusta". Hay que hablar del mundo real. Quizás tengas que cuidar a tus nietos porque tu hija sale a trabajar todo el día y no te gusta. O, tengas que trabajar tu jornada de 10 horas diarias para llevar el sustento a tu casa y no disfrutes de tu trabajo.

En el fondo, tu puedes elegir hacer cosas diferentes, si las que haces actualmente no te gustan. Pero por alguna razón, eliges hacerlas porque te reportan algún beneficio ¿verdad? Ya sea dinero u otras cosas. Si ya elegiste hacer estas actividades... ¡hazlas con entusiasmo! Si las vas a hacer de todas maneras, hazlas con gusto. Y te vas a sentir mejor.

Y ahora hablemos de lo que realmente te importa en tu vida... ¿Te gustaría dedicarle más tiempo a tus hijos? ¿Viajar por el mundo? ¿Tener tu propio negocio? Hay una forma fácil de saber cuál es la piedra más grande en tu vida. Si tienes 25 años, imagínate como serías dentro de 15 años más... Tendrías 40 ¿verdad? Y ahora, imagínate de 40 años, que te hubiera gustado hacer si pudieras volver a tener 25... Esa es tu piedra más grande. La buena noticia, es que no tienes 40... ¡todavía tienes 25! Y puedes vivir lo que quieras.

Una vez que tengas claro cuál es la piedra más grande en tu vida, que esa sea la actividad a la que le dediques más tiempo y esfuerzo *primero*. Después, a las otras. Tu vida es una caja con un espacio limitado, en la que no cabe todo lo que quieras... Pero si pones primero la piedra más grande... tu vida adquirirá sentido y entusiasmo.

¿CUÁNTO ME AMAS?

"El día que mi hija nació, en verdad no sentí gran alegría porque la decepción que sentía parecía ser más grande que el gran acontecimiento que representa tener una hija: ¡Yo quería un varón!

A los dos días de haber nacido, fui a buscar a mis dos mujeres, una lucía pálida y agotada y la otra radiante y dormilona.

En pocos meses me dejé cautivar por la sonrisita de mi Jimena y por la infinita inocencia de su mirada fija y penetrante, fue entonces cuando empecé a amarla con locura. Su carita, su sonrisita y su mirada no se apartaban ni por un instante de mis pensamientos, todo se lo quería comprar, la miraba en cada niño o niña, hacía planes sobre planes, todo sería para mi Jimena".

Este relato era contado a menudo por Roberto, el padre de Jimena. Yo también sentía gran afecto por la niña que era la razón más grande para vivir de Roberto, según decía el mismo.

Una tarde estaba mi familia y la de Roberto haciendo un picnic a la orilla de un río cerca de casa y la niña entabló una conversación con su papá, todos escuchábamos:

—Papi,... cuando cumpla quince años, ¿cuál será mi regalo?

–Pero mi amor, si apenas tienes diez añitos, ¿no te parece que falta mucho para esa fecha?

–Bueno papito,... tú siempre dices que el tiempo pasa volando, aunque yo nunca lo he visto por aquí.

La conversación se extendía y todos participamos de ella. Al caer el sol regresamos a nuestras casas.

Una mañana me encontré con Roberto enfrente del colegio donde estudiaba Jimena quien ya tenía catorce años. Roberto se veía muy contento y la sonrisa no se apartaba de su rostro. Con gran orgullo me mostraba las calificaciones de ella, eran notas impresionantes, ninguna bajaba de diez puntos y los estímulos que les habían escrito sus profesores eran realmente conmovedores. Felicité al dichoso papá.

Jimena ocupaba toda la alegría de la casa, en la mente y en el corazón de la familia, especialmente en el de su papá.

Fue un domingo muy temprano cuando nos dirigíamos a misa, cuando Jimena tropezó con algo, eso creíamos todos y dio un traspié. Su papá la agarró de inmediato para que no cayera... Ya instalados en la iglesia, vimos como Jimena fue cayendo lentamente sobre el banco y casi perdió el conocimiento. La tomamos en brazos, mientras su papá buscaba un taxi hacia el hospital.

Allí permaneció por diez días y fue entonces cuando le informaron que su hija padecía una grave enfermedad que afectaba seriamente su corazón, pero no era algo definitivo, qué debía practicarle otras pruebas para llegar a un diagnóstico firme.

Los días iban pasando, Roberto renunció a su trabajo para dedicarse al cuidado de Jimena, su madre quería hacerlo pero decidieron que ella trabajaría, pues sus ingresos eran superiores a los de él.

Una mañana Roberto se encontraba al lado de su hija, cuando ella le preguntó:

—Voy a morir, ¿no es cierto?, ¿te lo dijeron los doctores?

—No mi amor... no vas a morir, Dios que es tan grande, no permitiría que pierda lo que más amo en este mundo", respondió el padre.

—¿Cuándo mueren las personas, van a algún lugar? ¿Pueden ver desde lo alto a su familia? ¿Sabes si pueden volver? —preguntaba su Hija.

—Bueno hija,... en verdad nadie ha regresado de allá a contar algo sobre eso, pero si yo muriera, no te dejaría sola, estando en el más allá buscaría la manera de comunicarme contigo, en última instancia utilizaría el viento para venir a verte.

—¿Al viento? ¿Y cómo lo harías?

—No tengo la menor idea hijita, solo sé que si algún día muero, sentirás que estoy contigo, cuando un suave viento roce tu cara y una brisa fresca bese tus mejillas".

Ese mismo día por la tarde, llamaron a Roberto, el asunto era grave, su hija estaba muriendo. Necesitaban un corazón, pues el de ella no resistiría sino unos quince o veinte días más: ¡un corazón!

—¿Dónde hallar un corazón?

—¡Un corazón!

—¿Dónde... Dios mío?

Ese mismo mes, Jimena cumpliría sus quince años. Y fue el viernes por la tarde cuando consiguieron un donante, una esperanza iluminó los ojos de todos, las cosas iban a cambiar.

El domingo por la tarde ya Jimena estaba operada, todo salió como los médicos lo habían planeado. ¡Éxito total! Sin embargo, Roberto todavía no había vuelto por el hospital y Jimena lo extrañaba muchísimo. Su mamá le decía que ya todo estaba mejor y que no se preocupara por su papito, que él estaba bien. Jimena permaneció en el hospital por quince días más, los médicos no habían querido dejarla ir hasta que su corazón estuviera firme y fuerte y así lo hicieron.

Al llegar a casa todos se sentaron en un enorme sofá y su mamá con los ojos llenos de lágrimas le entregó una carta de su padre:

"Jimena, hijita de mi corazón: Al momento de leer mi carta, ya debes tener quince años y un corazón fuerte latiendo en tu pecho. Esa fue la promesa que me hicieron los médicos que te operaron. No puedes imaginarte ni remotamente cuánto lamento no estar a tu lado en este instante.

Cuando supe que ibas a morir, decidí dar respuesta a una pregunta que me hiciste cuando tenías diez añitos y a la cual no respondí. Decidí hacerte el regalo más hermoso que nadie jamás haría por mi hija... Te regalo mi vida entera sin condición alguna, para que hagas con ella lo que quieras. ¡Vive hija!, ¡Te amo con todo mi corazón!"

Jimena lloró todo el día y toda la noche. Al día siguiente fue al cementerio y se sentó sobre la tumba de su papá. Lloró como nadie lo había hecho y susurró:

—Papi... ahora puedo comprender cuanto me amabas. Yo también te amaba y aunque nunca te lo dije, ahora comprendo la importancia de decir "Te Amo" y te pediría perdón por haber guardado silencio tantas veces.

En ese instante las copas de los árboles se mecieron suavemente, cayeron algunas hojas y florecillas, y una suave brisa rozó las mejillas de Jimena, alzó la mirada al cielo, intentó secar las lagrimas de su rostro, se levantó y emprendió el regreso a su hogar.

NUNCA TE DETENGAS

Siempre ten presente que la piel se arruga,
el pelo se vuelve blanco,
los días se convierten en años...

Pero lo importante no cambia,
tu fuerza y tu convicción no tienen edad.

Tu espíritu es el plumero de cualquier telaraña.
Detrás de cada línea de llegada, hay una de partida.
Detrás de cada logro, hay otro desafío.

Mientras estés viva, siéntete viva.
Si extrañas lo que hacías, vuelve a hacerlo.
No vivas de fotos amarillas.

Sigue aunque todos esperen que abandones.

No dejes que se oxide el hierro que hay en ti.
Haz que en vez de lástima, te tengan respeto.

Cuando por los años no puedas correr, trota.
Cuando no puedas trotar, camina.
Cuando no puedas caminar, usa el bastón...

¡Pero nunca te detengas!

Madre Teresa de Calcuta

EL BARBERO

Un hombre fue a una barbería a cortarse el cabello y recortarse la barba. Como es costumbre en estos casos entabló una amena conversación con la persona que le atendía. Hablaban de tantas cosas y tocaron muchos temas, que de pronto tocaron el tema de Dios y el barbero le dijo:

–Fíjese caballero que yo no creo que Dios exista, como usted dice...

–Pero, ¿por qué dice usted eso? –preguntó el cliente.

–Pues es muy fácil, basta con salir a la calle para darse cuenta de que Dios no existe; o dígame, ¿acaso si Dios existiera, habrían tantos enfermos, tantos niños abandonados? Si Dios existiera no habría sufrimiento ni tanto dolor en la humanidad. Yo no puedo pensar que exista un Dios que permita todas estas cosas.

El cliente se quedó pensando un momento, pero no quiso responder para evitar una discusión. El barbero terminó su trabajo y el cliente salió del negocio.

Recién abandonada la barbería, vio en la calle a un hombre con la barba y el cabello largo, al parecer hacía mucho tiempo que no se lo cortaba y se veía muy desarreglado. Entonces entró de nuevo a la barbería y le dijo al barbero:

–¿Sabe una cosa?, los barberos no existen.

–¿Cómo que no existen? –preguntó el barbero–, si aquí estoy yo; yo soy barbero.

–¡No! –dijo el cliente–. No existen, porque si existieran no habría personas con el cabello y la barba tan larga como la de ese hombre que va por la calle.

–¡Ah!, los barberos sí existen, lo que pasa es que esas personas no vienen a mí.

–¡Exacto! –dijo el cliente–, ése es el punto. Dios sí existe; lo que pasa es que las personas no van hacia él y no le buscan. Por eso hay tanto dolor y miseria.

DESIDERATA

Camina plácido entre el ruido y la prisa y piensa
en la paz que se puede encontrar en el silencio.

En cuanto sea posible y sin rendirte,
mantén buenas relaciones con las personas.
Enuncia tu verdad de una manera serena y clara;
y escucha a los demás incluso al torpe e ignorante,
también ellos tienen su propia historia.

Esquiva a las personas ruidosas y agresivas,
ya que son un fastidio para el espíritu.

Si te comparas con los demás,
te volverás vano y amargado;
pues siempre habrá personas más grandes
y más pequeñas que tú.

Disfruta de tus éxitos lo mismo que de tus planes.
Mantén el interés en tu propia carrera
por humilde que sea, ella es un verdadero tesoro en el
fortuito cambiar de los tiempos.

Se cauto en tus negocios
pues el mundo está lleno de engaños,
mas no dejes que esto te vuelva ciego
para la virtud que existe, hay muchas personas
que se esfuerzan por alcanzar nobles ideales.

La vida está llena de heroísmo.
Se sincero contigo mismo, en especial
no finjas el afecto y no seas cínico en el amor,
pues en medio de todas las arideces y desengaños,
es perenne como la hierba.

Acata dócilmente el consejo de los años,
abandonando con donaire las cosas de la juventud.
Cultiva la firmeza del espíritu para que te proteja en las
adversidades repentinas. Muchos temores nacen de la
fatiga y la soledad, sobre una sana disciplina,
se benigno contigo mismo.

Tú eres una criatura del universo,
no menos que las plantas y las estrellas;
tienes derecho a existir y sea que te resulte claro o no,
indudablemente el universo marcha como debiera.

Por eso debes estar en paz con Dios,
cualquiera que sea tu ideal de "Él"
y sean cualesquiera tus trabajos y aspiraciones,
conserva la paz con tu alma en la bulliciosa confusión
de la vida, aún con toda su farsa, penalidades y sueños
fallidos, el mundo es todavía hermoso.

Se cauto, esfuérzate por ser feliz.

Max Ehrmann

¿QUIÉN MATÓ AL AMOR?

Hubo una vez en la historia del mundo en el que el Odio, que es el rey de los malos sentimientos, los defectos y las malas virtudes, convocó a una reunión urgente con todos los sentimientos negros del mundo y los deseos más perversos del corazón humano. Estos llegaron a la reunión con curiosidad de saber cuál era el propósito.

Cuando estuvieron todos habló el Odio y dijo: "Los he reunido aquí a todos porque deseo con todas mis fuerzas matar a alguien". Los asistentes no se extrañaron mucho pues era el Odio que estaba hablando y él siempre quiere matar a alguien, sin embargo todos se preguntaban entre sí quién sería tan difícil de matar para que el Odio los necesitara a todos.

"Quiero que maten al Amor", dijo. Muchos sonrieron malévolamente pues más de uno quería destruirlo. El primer voluntario fue el Mal Carácter, quien dijo: "Yo iré, y les aseguro que en un año el Amor habrá muerto; provocaré tal discordia y rabia que no lo soportará". Al cabo de un año se reunieron otra vez y al escuchar el reporte del Mal Carácter quedaron decepcionados.

"Lo siento, lo intenté todo pero cada vez que yo sembraba una discordia, el Amor la superaba y salía adelante".

Fue entonces cuando, muy diligente, se ofreció la Ambición que haciendo alarde de su poder dijo: "En vista de que el Mal Carácter fracasó, iré yo. Desviaré la atención del Amor hacia el deseo por la riqueza y por el poder. Eso nunca lo ignorará".

Y empezó la Ambición el ataque hacia su víctima quien efectivamente cayó herida pero, después de luchar por salir adelante, renunció a todo deseo desbordado de poder y triunfó de nuevo.

Furioso el Odio por el fracaso de la Ambición envió a los Celos, quienes burlones y perversos inventaban toda clase de artimañas y situaciones para despistar el amor y lastimarlo con dudas y sospechas infundadas. Pero el Amor confundido lloró y pensó que no quería morir, y con valentía y fortaleza se impuso sobre ellos, y los venció. Año tras año, el Odio siguió en su lucha enviando a sus más hirientes compañeros, envió a la Frialdad, al Egoísmo, a la Cantaleta, la Indiferencia, la Pobreza, la Enfermedad y a muchos otros que fracasaron siempre, porque cuando el Amor se sentía desfallecer tomaba de nuevo fuerza y todo lo superaba. El Odio, convencido de que el Amor era invencible, les dijo a los demás: "Nada hay que hacer. El Amor ha soportado todo, llevamos muchos años insistiendo y no lo logramos".

De pronto, de un rincón del salón se levantó alguien poco reconocido, que vestía todo de negro y con un sombrero gigante que caía sobre su rostro y no lo dejaba ver, su aspecto era fúnebre como el de la muerte. "Yo mataré el Amor", dijo con seguridad. Todos se preguntaron quién era el que pretendía hacer lo que ninguno había podido. El Odio dijo: "Ve y hazlo".

Tan sólo había pasado algún tiempo cuando el Odio volvió a llamar a todos los malos sentimientos para comunicarles después que, de mucho esperar, por fin el Amor *había muerto*. Todos estaban felices, pero sorprendidos.

Entonces el sentimiento del sombrero negro habló: "Ahí les entrego el Amor totalmente muerto y destrozado", y sin decir más se marchó. "Espera", dijo el Odio, "en tan poco tiempo lo eliminaste por completo, lo desesperaste y no hizo el menor esfuerzo para vivir. ¿Quién eres?".

El sentimiento levantó por primera vez su horrible rostro y dijo: "soy La Rutina".

MAL CARÁCTER

Esta es la historia de un muchachito que tenía muy mal carácter. Su padre le dio una bolsa de clavos y le dijo que cada vez que perdiera la paciencia, debería clavar un clavo detrás de la puerta.

El primer día, el muchacho clavó 37 clavos detrás de la puerta. Las semanas que siguieron, a medida que él aprendía a controlar su genio, clavaba cada vez menos clavos detrás de la puerta.

Poco a poco descubrió que era más fácil controlar su carácter durante todo el día.

Después de informar a su padre, éste le sugirió que retirara un clavo cada día que lograra controlar su carácter. Los días pasaron y el joven pudo finalmente anunciar a su padre que no quedaban más clavos para retirar de la puerta.

Su padre lo tomó de la mano y lo llevó hasta la puerta. Le dijo:

—Has trabajado duro, hijo mío, pero mira todos esos hoyos en la puerta. Nunca más será la misma. Cada vez que tú pierdes la paciencia, dejas cicatrices exactamente como las que aquí ves.

El chico lo escuchó atentamente, callado, pensativo con una mirada triste.

–Tú puedes insultar a alguien y retirar lo dicho, pero el modo de cómo se lo digas lo devastará y la cicatriz perdurará para siempre.

Una ofensa verbal es tan dañina como la ofensa física. Nuestros familiares y amigos son joyas preciosas. Nos hacen reír y nos animan a seguir adelante. Nos escuchan con atención y siempre están dispuestos a abrirnos su corazón. Tenlo siempre presente antes de abrir tu boca y decir una mala palabra u ofensa ante los demás, y cuida muy bien tus acciones que malo o bueno ya no podrás echar marcha atrás.

LA ORACIÓN DE UN PADRE

Dame, Señor, un hijo que sea lo bastante fuerte para
saber cuándo es débil y lo bastante valeroso para
enfrentarse consigo mismo cuando sienta miedo.

Un hijo que sea orgulloso e inflexible en la derrota
honrada, y humilde en la victoria.

Dame un hijo que nunca doble la espalda cuando deba
erguir el pecho; un hijo que sepa conocerte a ti...
y conocerse a sí mismo, que es la piedra fundamental
de todo conocimiento.

Condúcelo, te lo ruego, no por el camino cómodo
y fácil, sino por el camino áspero aguijoneado por las
dificultades y los retos. Allí déjalo aprender a
sostenerse firme en la tempestad y a sentir compasión
de los que fallan.

Dame un hijo cuyo corazón sea claro y cuyos ideales
sean altos; un hijo que se domine a sí mismo antes de
que pretenda dominar a los demás; un hijo que
aprenda a reír, pero que también sepa llorar.

Un hijo que avance hacia el futuro,
pero que nunca olvide el pasado.

Y después que le hayas dado eso, agrégale, te suplico, suficiente sentido de buen humor, de modo que pueda ser siempre serio, pero que no se tome a sí mismo demasiado en serio.

Dale humildad para que pueda recordar siempre la sencillez de la verdadera grandeza, la imparcialidad de la verdadera sabiduría, la mansedumbre de la verdadera fuerza.

Entonces, Señor, yo, su padre, me atreveré a decirte:

"Gracias porque mi vida no ha sido en vano".

LA CHICA DE LOS CD'S

Había una vez un chico que nació con cáncer. Un cáncer incurable.

Tenía 17 años y podría morir en cualquier momento. Siempre vivió en su casa, bajo el cuidado de su madre. Ya estaba harto de la misma rutina, por lo cual decidió salir a solas aunque fuera sólo por una vez. Le pidió permiso a su madre y ella aceptó.

Caminando por su manzana vio muchas tiendas. Al pasar por una tienda de música y ver el aparador, notó la presencia de una chica de su edad. Fue amor a primera vista. Abrió la puerta y entró sin mirar nada que no fuera ella. Acercándose poco a poco, llegó al mostrador donde se encontraba la bella joven. Ella lo miró y le dijo sonriente: "¿Te puedo ayudar en algo?"

Callado, mientras él pensaba que era la sonrisa más hermosa que había visto en toda su vida. Sintió deseos de besarla en ese mismo instante.

Tartamudeando le dijo: "Si, eeehhh, uuuhhh... me gustaría comprar un CD". Sin pensar, tomo el primero que vio y le dio el dinero. "¿Quieres que te lo envuelva?" –Pregunto la chica sonriendo de nuevo. El respondió que sí, moviendo la cabeza; y ella fue al almacén en la parte de atrás para volver con el paquete envuelto y entregárselo.

Él lo tomó y salió de la tienda. Se fue a su casa, y desde ese día en adelante visitó la tienda todos los días para comprar un CD. La muchacha siempre se los envolvía para luego llevárselos a su casa y meterlos a su closet.

Él era muy tímido como para invitarla a salir y aunque trataba, no podía. Su mamá se entero de esto e intentó animarlo a que se aventurara, así que al siguiente día se armó de coraje y se dirigió a la tienda.

Como todos los días compró otra vez un CD, y como siempre, ella se fue atrás para envolverlo. Él tomó el CD; y sintió nuevamente flaquear y perder el ánimo de hablar con ello, dentro de su nerviosismo y pánico, se fue rápidamente de la tienda, dejando caer su teléfono celular cerca del pie del mostrador de la tienda.

Pasaron algunos días, y la chica no se había percatado del celular, hasta que escuchó de repente el ring de un tono que no reconocía, entonces encontró el teléfono.

¡Ringggg ! Volvió a sonar el celular.

"¿Bueno?", –contestó la chica

Era la mamá del muchacho, entonces le preguntó a la chica, quien era y a donde estaba llamando, y la chica le respondió. Entonces la madre desconsolada, comenzó a llorar mientras decía: "Mi hijo, mi hijo… murió ayer".

Hubo un silencio prolongado, excepto por el llanto de la madre. Más tarde, la mamá entró en el cuarto de su hijo para recordarlo. Decidió empezar por arreglar su ropa, así que abrió su closet. Para su sorpresa se topó con montones de CD envueltos. ¡Ni uno estaba abierto! Le causó curiosidad ver tantos y no se resistió; tomó uno y se sentó sobre la cama para verlo; al hacer esto, un pequeño pedazo de papel salió de la cajita plástica.

La mamá lo recogió para leerlo y decía: "¡Hola!, estás super guapo ¿quieres salir conmigo? Me gustas mucho. Sofía".

La madre continuó abriendo uno a uno todos los CDs hermosamente envueltos y cada uno de ellos tenía una nota similar, describiendo la atracción y cariño que la chica empezaba a sentir por su hijo...

No es necesario que tengamos una enfermedad mortal, pues ninguno tenemos la seguridad de cuánto tiempo viviremos en este mundo. Lo importante es que nunca te quedes callado ocultando sentimientos de amor, compasión o perdón. *¡Habla, comunícate y exprésale estos sentimientos a esa persona especial!*, pues si lo piensas mucho y te tardas demasiado, tal vez *jamás* volverás a tener la oportunidad de hacerlo.

EL ROBLE

Había una vez, algún lugar que podría ser cualquier lugar, y en un tiempo que podría ser cualquier tiempo, un hermoso jardín, con manzanos, naranjos, perales y bellísimos rosales. Todos ellos eran felices y estaban satisfechos. Todo era alegría en el jardín, excepto por un árbol profundamente triste.

El pobre tenía un problema: No sabía quién era, ni para qué estaba ahí. "Lo que te falta es concentración", le decía el manzano. "Si realmente lo intentas, podrías tener sabrosas manzanas. ¿Ves que fácil es?" Y le enseñaba sus atractivas manzanas.

"No lo escuches", le exigía el rosal. "Es más sencillo tener rosas ¿Ves que bellas son?" "Pero mis naranjas son más sabrosas", añadía el naranjo. Y el árbol desesperado, intentaba todo lo que le sugerían, y como no lograba ser como los demás, se sentía cada vez más frustrado.

Un día llegó hasta el jardín el búho, la más sabia de las aves, y al ver la desesperación del árbol, exclamó: "No te preocupes, tu problema no es tan raro, ni tan grave. Es el mismo de muchísimos seres sobre la tierra. Yo te daré la solución: No dediques tu vida a ser como los demás quieran que seas... Sé tú mismo, conócete, y para lograrlo, escucha tu voz interior". Y dicho esto, el búho desapareció.

"¿Mi voz interior...?, ¿Conocerme...?, ¿Ser yo mismo...?" Se preguntaba el árbol desesperado, cuando de pronto, comprendió... Y cerrando los ojos y los oídos, abrió el corazón, y por fin pudo escuchar su voz interior diciéndole: "Tú jamás darás manzanas porque no eres un manzano, ni florecerás cada primavera porque no eres un rosal. Eres un roble, y tu destino es crecer grande y majestuoso. Dar cobijo a las aves, sombra a los viajeros, belleza al paisaje... Tienes una misión. ¡Cúmplela!".

Y el árbol se sintió fuerte y seguro de sí mismo y se dispuso a ser todo aquello para lo cual estaba destinado. Así, pronto llenó su espacio y fue admirado y respetado por todos. Y sólo entonces el jardín completo fue plenamente feliz.

En la vida, todos tenemos un destino que cumplir, un espacio que llenar. ¡Qué lástima que a veces tratamos de ir por el mundo tratando de ser lo que otros quieren que seamos, aún cuando esto interfiere con nuestra propia felicidad!

CAMBIO DE OJOS

Un día, un científico había encontrado la manera de realizar trasplantes de córneas, a partir de unas síntesis de ADN. Con este descubrimiento, las personas invidentes podrían recobrar la visión.

Este científico era un poco extraño y amaba por igual a los animales que a las personas; por ello, sus investigaciones entrelazaban lo zoológico y lo antropológico. Después de haber cuidadosamente anotado sus hallazgos en una bitácora médica, que suponía largas y agotadores jornadas de investigación e interminables noches de insomnio, el científico quedó vencido por el sueño sobre su escritorio.

El doctor escuchó que tocaban a su puerta, se levantó y la abrió. No había nadie. Nadie de su tamaño, pero había alguien. ¿Quién? Una hormiga, apoyada sobre su bastón.

La hormiga le dijo:

–Por favor, dicen mis amigas que usted puede devolverme la vista, y estoy aquí dispuesta a que me opere para poder ver.

El científico sorprendido se dispuso a operar, cuando escuchó de nuevo que tocaban la puerta. Se dirigió a ella y era un hombre que había perdido la vista en una guerra. Éste le dijo:

–Me he enterado que usted ha logrado realizar trasplantes de córnea y que incluso ha podido poner ojos de animales a los hombres, así que estoy a sus pies implorando que me opere y me regrese la visión.

El doctor lo hizo pasar al quirófano junto a la hormiga ya anestesiada. Intervino a ambos, y esperó los resultados. Al despertar la hormiga, pego un grito de emoción:

–Puedo ver, puedo ver ¡Milagro! ¡Milagro! –Y emocionada saltó de la mesa de operaciones le dio las gracias al doctor y salió de ahí.

Luego despertó el hombre y el hombre exclamó emocionado:

–¡Oh, Dios mío, puedo ver, era cierto, era cierto! ¡Gracias doctor, muchas gracias! –entonces se dirigió a la puerta y se fue muy contento.

El doctor sintió que había hecho una buena obra y por fin, después de haber tenido un largo y agotador día, descansó. Al cabo de unos días, un tropel de hormigas amenazaba con destruir su laboratorio y una familia enfurecida amenazaba con demandarlo. ¿Qué había sucedido?

La reina de las hormigas dijo:

–Permítame agradecerle doctor lo que realizó en mi hija, ella es la heredera al trono, pero queremos que le regrese su ceguera. Desde que regresó, mira con ojos de gigante. Ve gigantes los defectos de sus hermanos y hermanas, me desprecia y me considera una madre despreciable, digna de reproche por mis limitaciones; ve a su pueblo con ojos desproporcionados, en ellos sólo ve quejas, flojeras, malas intenciones, traiciones, ambiciones y eso la ha llenado de amargura, de desprecio por los demás y por la vida. Queremos que vuelva a ser ciega, por favor.

Por su parte, la familia del hombre le dijo:

–Por favor, denos a nuestro hermano nuevamente ciego, desde que regresó, todo lo ve pequeño, se ha llenado de arrogancia, de ingratitud, de engreimiento y soberbia altanera. Para él no significa nada el tiempo que le cuidamos, ve relativo y pequeño el que su padre se mate trabajando para que él estudie, se vista y coma. Para él no significa nada que su madre deje escapar la vida día a día por lavarle su ropa, alistar sus camisas, tener a tiempo la comida en la mesa. El amor, la amistad, el perdón, todo eso es pequeño, es ínfimo, es relativo para él. Por favor doctor, le pedimos que nos lo regrese ciego!

El científico se propuso investigar lo que había hecho, creyó al principio que se habían contaminado sus muestras de ADN de hormiga, con las de ADN humano y había simplemente sustituido una por otro, dándole al hombre, visión de hormiga y a la hormiga visión de hombre. Sin embargo el problema iba más allá que un simple error humano. La contaminación de

ADN no fue en su laboratorio, sino que fue miles de años atrás, en el gran laboratorio de la vida.

Los hombres quisieron ser lo último, quisieron ser Dios. Desde entonces, tienen una tendencia defectuosa en su visión, ella agiganta los defectos de los semejantes, ve enorme los defectos y gigantes los vicios de los demás; a ese problema le llamó gigantismo miópico, ya que de cerca sólo ve lo malo de las personas y lo bueno lo ve turbio distante o no lo ve.

La tendencia de ver pequeño todo lo bueno, y relativo todo lo noble de las personas y empequeñecer las virtudes y cualidades, la llamó hipermetropía hormiguista, ya que de lejos ve bien los defectos ajenos y aunque tenga cerca lo bueno, no lo logra distinguir, ver, ni valorar. Dos defectos en una misma córnea. El doctor descubrió que se necesita más que una cornea para que el ser humano vea bien: ¡Necesita un cambio en la manera de ver! Y esa operación exige un cambio de corazón, y esa operación sólo Dios la hace.

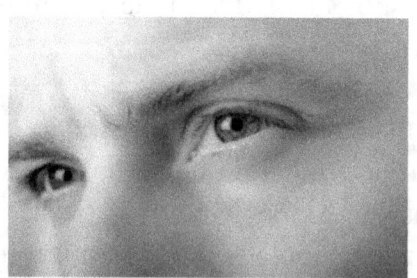

EL CUMPLEAÑOS DE JESÚS

Como sabrás, nos acercamos nuevamente a la fecha de mi cumpleaños. Todos los años se hace una gran fiesta en mi honor y creo que en este año sucederá lo mismo.

En estos días la gente hace muchas compras, hay anuncios en la radio, en la televisión y, en todas partes, no se habla de otra cosa, si no de lo poco que falta para que llegue ese día.

La verdad, es agradable saber que, al menos un día del año, algunas personas piensan un poco en mi. Como tú sabes, hace muchos años empezaron a festejar mi cumpleaños. Al principio no parecían comprender y agradecer lo mucho que hice por ellos, pero hoy en día nadie sabe para que lo celebran. La gente se reúne y se divierte mucho, pero no saben de que se trata.

Recuerdo el año pasado, al llegar el día de mi cumpleaños, hicieron una gran fiesta en mi honor. Había cosas muy deliciosas en la mesa, todo estaba decorado y recuerdo también que había muchos regalos, pero, ¿sabes una cosa? ni siquiera me invitaron.

Yo era el invitado de honor y ni siquiera se acordaron de invitarme. La fiesta era para mí y cuando llegó el gran día me dejaron afuera... me cerraron la puerta y yo quería compartir la mesa con ellos.

La verdad no me sorprendí, porque en los últimos años todos me cierran la puerta. Y, como no me invitaron, se me ocurrió entrar sin hacer ruido.

Entré y me quedé observando desde un rincón. Estaban todos bebiendo, había algunos ebrios contando chistes, carcajeándose. La estaban pasando en grande. Para colmo, llego un viejo gordo vestido de rojo, de barba blanca y gritando ¡jo –jo –jo –jo! Parecía que había tomado de más. Se dejó caer pesadamente en un sillón y todos los niños corrieron hacia él, diciendo: "¡Santa Claus, Santa Claus! ¡Cómo si la fiesta fuese en su honor!

Llegaron las doce de la noche y todos comenzaron a abrazarse; yo extendí mis brazos esperando que alguien se acordara de mí y me abrazara y... ¿sabes? nadie me abrazó...

De repente todos empezaron a repartirse los regalos, uno a uno los fueron abriendo, hasta que se abrieron todos, me acerque para ver si de casualidad había alguno para mi... No encontré ya nada.

¿Qué sentirías si el día de tu cumpleaños se hicieran regalos unos a otros y a ti no te regalaran nada? Comprendí entonces que yo sobraba en esa fiesta, salí sin hacer ruido, cerré la puerta y me retiré.

Cada año que pasa es peor, la gente solo se acuerda de la cena, de los regalos y de las fiestas, y de mí nadie se acuerda.

Quisiera que esta Navidad me permitieras entrar en tu vida, entrar al fondo de tu corazón, quisiera que reconocieras que hace más de dos mil años vine a este mundo para dar mi vida por ti en la cruz y de esa forma poder salvarte. Hoy solo quiero que creas esto con todo tu corazón.

Voy a contarte algo. He pensado que como muchos no me invitaron a su fiesta, voy a hacer la mía propia, una fiesta grandiosa como la que jamás nadie se imaginó, una fiesta espectacular. Todavía estoy haciendo los últimos arreglos, por lo que este año estoy enviando muchas invitaciones y en este día, hay una invitación para ti, solo quiero que me digas si quieres asistir, te reservaré un lugar, y escribiré tu nombre con letras de oro en mi gran libro de invitados, en esta fiesta solo habrá invitados con previa reservación, y se tendrán que quedar fuera aquellos que no contesten mi invitación.

Prepárate porque cuando todo esté listo, daré la gran fiesta. Hasta pronto… tu amigo

Jesús de Nazaret

LAS HERRAMIENTAS DEL CARPINTERO

Cuentan que en una carpintería hubo una extraña asamblea, fue una reunión donde esas herramientas discutieron sus diferencias. El martillo ejercía la presidencia, pero el resto le exigía su renuncia. La razón residía en que éste hacía demasiado ruido y además se pasaba todo el tiempo golpeando.

El martillo aceptó su culpa, pero pidió que también fuese expulsado el destornillador, alegando que daba muchas vueltas para conseguir algo. El destornillador acepta los argumentos, pero a su vez pide la expulsión de la lija. Dijo que era muy áspera en el trato con los demás.

La lija acató con la condición de que se expulsara también al metro, el cual el cual siempre medía al otro según su medida, como si fuese el único perfecto.

En ese momento entró el carpintero, juntó a todos e inició su trabajo. Utilizó el martillo, la lija, el metro y el destornillador. La rústica madera se convirtió en hermosos muebles.

Cuando el carpintero se fue, las herramientas retomaron la discusión, pero el serrucho se adelantó a decir:

"Señores, quedó demostrado que tenemos defectos, pero el carpintero trabaja con nuestras cualidades, resaltando nuestros puntos valiosos. Por eso en lugar de fijarnos en nuestras flaquezas, debemos concentrarnos en nuestros puntos fuertes".

Entonces la asamblea entendió que el martillo era fuerte, el destornillador unía y daba fuerzas, la lija era especial para limar las asperezas, y el metro era preciso y exacto. Se sintieron como un equipo, capaz de producir cosas de calidad; y una gran alegría los embargó al darse cuenta de la suerte que tenían de poder trabajar juntos.

Lo mismo ocurre con los seres humanos. Cuando una persona busca defectos en otra, la situación se torna tensa y confusa. Al contrario, cuando se busca con sinceridad los puntos fuertes de otro, florecen las mejores conquistas humanas. Es fácil encontrar defectos, cualquiera puede hacerlo, pero encontrar cualidades, esto es para sabios.

TE QUIERO

Te quiero no por lo que eres,
sino por lo que soy yo, cuando estoy contigo.

Te quiero no por lo que has hecho de ti misma,
sino por lo que estás haciendo conmigo.

Te quiero por la parte de mi que haces que emane.

Te quiero por poner tu mano en mi corazón
y por ignorar mis debilidades y por permanecer firmemente atada a las posibilidades
de lo bueno que hay en mí.

Te quiero por cerrar tus oídos a mis discordancias
y por agregar la música en mí,
cuando tu amablemente me escuchas.

Te quiero porque me estás ayudando
a hacer de mi madera, no una taberna sino un templo,
y de mis palabras cotidianas, no un reproche
si no una canción.

Te quiero porque me has hecho muy feliz.
Lo has hecho, primero al ser tu misma y después de todo, quizás, porque me amas.

VISUALIZACIÓN EN ACCIÓN

El famoso actor y comediante Jim Carrey nos da un ejemplo del poder de la visualización creativa.

A diferencia de la fama y fortuna que ahora le rodean, Jim nació en la pobreza. Durante su adolescencia y después de ir a la escuela secundaria laboraba en turnos de 8 horas seguidas realizando tareas de limpieza. Durante un tiempo la situación económica de su familia era tan mala que se quedaron sin casa, y todos se vieron obligados a vivir en una van. Sin embargo, el nunca perdió la fe, y a pesar de las precarias situaciones, siempre creyó que tendría un futuro brillante.

En el libro "Write it down, Make it happen: Knowing what you want and getting it" ("Escríbelo, y haz que suceda: Sabiendo lo que quieres y obteniéndolo") La autora Henriette Anne Klausser escribe que cuando Carrey recién comenzaba su carrera en Hollywood, se encontraba completamente en la bancarrota, aun así se escribió un cheque a sí mismo por diez millones de dólares y le puso la fecha del día de Acción de Gracias del año 1995 que eran aproximadamente unos cinco años en el futuro. En la línea del memo escribió:

"Por servicios prestados".

Llevó guardado ese cheque en su cartera por años, lo sacaba de su cartera todos los días, lo veía y se visualizaba teniendo ese dinero. Eventualmente Jim Carrey se convirtió en uno de los artistas mejores pagados de la industria cinematográfica, llegando a ganar hasta 20 millones de dólares por película.

En ocasiones, nuestros sueños y metas parecieran ser inalcanzables; nuestra situación económica, de salud e inclusive migratoria para todos aquellos que vivimos en un país que no es el nuestro, de alguna manera nos "convencen" de que nunca lograremos avanzar. Sin embargo es necesario nunca perder la fe y el optimismo, y al mismo tiempo es necesario formar una visión clara y precisa de lo que queremos obtener, para entonces preparar el camino a seguir para alcanzar estas metas. Constantemente visualiza o imagina, el lugar en el cual quieres vivir, la persona con la que te quieres casar, el trabajo ideal, el negocio perfecto. Y entonces trabaja arduamente por ese sueño.

LA SUPREMA INDIFERENCIA

En un amplio patio de la casa más elevada del poblado, descansaba un hombre anciano cuyo rostro se decía que inspiraba una extraña mezcla entre misericordia y firmeza. Era conocido por el nombre de Kalil, y de todos era sabido que de sus palabras parecían brotar un manantial de sabiduría.

Un día de sol, en el que el anciano se hallaba meditando bajo la sombra de una vieja higuera, se presentó, ante el umbral de su jardín, un joven que dijo:

–Amigo sabio ¿Puedo pasar?

–La puerta está abierta, –respondió Kalil.

El joven, cruzando el umbral y acercándose al anciano, le dijo:

–Me llamo Maguín y soy artista. Mi trabajo es sincero y pleno de sentimiento, sin embargo tengo un gran problema: Me atormentan las críticas que se hacen de mi vida, mi obra y mi persona. Vivo obsesionado por las descalificaciones de los críticos de arte, y por más que trato de que no me afecten, me acaban esclavizando... Sé que eres un hombre sabio y que tu fama de sanador alcanza los horizontes más remotos. Dicen también que tus remedios son extraños, y sin embargo no me falta confianza para acudir a ti, a fin de conseguir la paz que tanto necesito en la defensa de mi imagen.

Kalil, mirando al joven con cierta indiferencia, le dijo:

– Si quieres realmente curarte, ve al cementerio de la ciudad y procede a injuriar, insultar y calumniar a los muertos allí enterrados. Cuando lo hayas realizado, vuelve y relátame lo que allí te haya sucedido.

Ante esta respuesta, Maguín se sintió claramente esperanzado en la medicina del anciano. Y aunque se hallaba un tanto desconcertado por no entender la razón de tal remedio, se despidió y salió raudo de aquella casa.

Al día siguiente, se presentó de nuevo ante Kalil.

–Y bien, ¿fuiste al cementerio?, le pregunto Kalil.

–Sí, contestó Maguín, con un tono de voz algo decepcionado.

–Y bien, ¿qué te contestaron los muertos?

–Pues en realidad no me contestaron nada, estuve tres horas profiriendo toda clase de críticas e insultos, y en realidad, ni se inmutaron.

El anciano sin variar el tono de su voz le dijo a continuación:

–Escúchame. Vas a volver nuevamente al cementerio, pero en esta ocasión vas a dirigirte a los muertos profiriendo todos los elogios, adulaciones y halagos que seas capaz de sentir e imaginar.

La firmeza del sabio eliminó las dudas de la mente del joven artista por lo que despidiéndose, se retiró de inmediato. Al día siguiente Maguín regresó a la casa del anciano.

–¿Y bien?

–Nada –contestó Maguín en un tono muy abatido y desesperanzado– durante tres horas he articulado los elogios y elegías más hermosos acerca de sus vidas, y destacado cualidades generosas y benéficas que difícilmente pudieron oír en sus días sobre la tierra y, ¿qué pasó? Nada, no pasó nada. No se inmutaron, ni respondieron. Todo continuó igual a pesar de mi entrega y esfuerzo. Así que... ¿eso es todo?

–Sí, –contestó el viejo Kalil– eso es todo, porque así debes ser tú, Magín. *Indiferente como un muerto a los insultos y halagos del mundo*, porque el que hoy te halaga mañana te puede insultar, y quien hoy te insulta mañana te puede halagar. No seas como una hoja a merced del viento de los halagos e insultos. Permanece centrado y cabal, cree siempre en ti mismo, y forja tu propio patrón de conducta, no te dejes modelar por los matices del mundo, encuentra tu color único y ve más allá de los claros y los oscuros del mundo.

EL AGUA QUE QUERÍA SER FUEGO

"Ya estoy cansada de ser fría y de correr río abajo. Dicen que soy necesaria, pero yo preferiría ser hermosa, encender entusiasmos, encender el corazón de los enamorados y ser roja y cálida. Dicen que yo purifico lo que toco, pero más fuerza purificadora tiene el fuego. Quisiera ser fuego y llama".

Así pensaba el agua de río de la montaña. Y, como quería ser fuego, decidió escribir una carta a Dios para pedir que cambiara su identidad.

"Querido Dios: Tú me hiciste agua, pero quiero decirte con todo respeto que me he cansado de ser transparente. Prefiero el color rojo para mí; desearía ser fuego. ¿Puede ser? Tú mismo, Señor, te identificaste con la zarza ardiente y dijiste que habías venido a poner fuego a la tierra. No recuerdo que nunca te compararas con el agua. Por eso, creo que comprenderás mi deseo. No es un simple capricho. Yo necesito este cambio para mi realización personal".

El agua salía todas las mañanas a su orilla para ver si llegaba la respuesta de Dios. Una tarde pasó una lancha muy blanca y dejó caer al agua un sobre muy rojo. El agua lo abrió y leyó:

"Querida hija: me apresuro a contestar tu carta. Parece que te has cansado de ser agua. Yo lo siento mucho porque no eres una agua cualquiera. Tu abuela fue la que me bautizó en el Jordán, y yo te tenía destinada a caer sobre la cabeza de muchos niños. Tú preparas el camino del fuego. Mi Espíritu no baja a nadie que no haya sido lavado por ti. El agua siempre es primero que el fuego..."

Mientras el agua estaba embobada leyendo la carta, Dios bajó a su lado y la contempló en silencio. El agua se miró a sí misma y vio el rostro de Dios reflejado en ella. Dios seguía sonriendo esperando una respuesta. El agua comprendió entonces que el privilegio de reflejar el rostro de Dios sólo lo tiene el agua limpia, pura y cristalina. Suspiró y dijo:

"Sí, Señor, seguiré siendo agua. Seguiré siendo tu espejo. Gracias Señor".

LA MAMÁ MÁS MALA DEL MUNDO

Yo tuve la mamá más mala del mundo.

Mientras los otros niños no tenían que desayunar, yo tenía que comer cereal, huevos y pan tostado.

Cuando los demás tomaban refrescos gaseosos y dulces para el almuerzo, yo tenía que comer un emparedado.

Mi madre siempre insistía en saber donde estábamos.

Parecía que estábamos encarcelados.

Tenía que saber quiénes eran nuestros amigos y lo que hacíamos, insistía en que si decíamos que íbamos a tardar una hora, solamente nos tardaríamos una hora.

Me da vergüenza admitirlo, pero hasta tuvo el descaro de romper la ley contra el trabajo de niños menores, hizo que laváramos trastes, tendiéramos camas, aprendiéramos a cocinar y muchas cosas igualmente crueles.

Creo que se quedaba despierta en la noche pensando en las cosas que podría obligarnos a hacer, siempre insistía en que dijéramos la verdad y nada más que la verdad.

Para cuando llegamos a la adolescencia, ya fue más sabia y nuestras vidas se hicieron aun más miserables.

Nadie podía tocar el claxon para que saliéramos corriendo.

Nos avergonzaba hasta el extremo, obligando a nuestros amigos a llegar a la puerta para preguntar por nosotros.

Mi madre fue un completo fracaso, ninguno de nosotros ha sido arrestado, cada uno de mis hermanos ha servido en una misión y también ha servido a su patria y... ¿A quién debemos culpar de nuestro terrible futuro?

Tienen razón, a nuestra mala madre.

Vean de todo lo que nos hemos perdido.

Nunca hemos podido participar en una marcha o demostración de actos violentos y miles de cosas más que hicieron nuestros amigos.

Ella nos hizo convertirnos en adultos educados y honestos.

Usando esto como marco, estoy tratando de educar a mis hijos de la misma manera, estoy lleno de orgullo cuando mis hijos me dicen que soy malo y verán... doy gracias a Dios por haberme dado a "*La mamá más mala del mundo*".

JIM REPORTÁNDOSE

Una vez un sacerdote estaba dando un recorrido por la Iglesia al mediodía... al pasar por el Altar decidió quedarse cerca para ver quién había venido a rezar. En ese momento se abrió la puerta, el sacerdote frunció el entrecejo al ver a un hombre acercándose por el pasillo; el hombre estaba sin afeitarse desde hace varios días, vestía una camisa rasgada, tenía el abrigo gastado cuyos bordes se habían comenzado a deshilachar. El hombre se arrodilló, inclinó la cabeza, luego se levantó y se fue.

Durante los siguientes días el mismo hombre, siempre al mediodía, estaba en la Iglesia cargando una maleta, se arrodillaba brevemente y luego volvía a salir. El sacerdote, un poco temeroso, empezó a sospechar que se trataba de un ladrón, por lo que un día se puso en la puerta de la Iglesia y cuando el hombre se disponía a salir le preguntó: "¿Qué haces aquí?".

El hombre dijo que trabajaba cerca y tenía media hora libre para el almuerzo y aprovechaba ese momento para rezar. "Sólo me quedo unos instantes; sabe, porque la fabrica queda un poco lejos, así que sólo me arrodillo y digo: 'Señor, sólo vine nuevamente para contarte cuán feliz me haces cuando me liberas de mis pecados no se muy bien rezar, pero pienso en Ti todos los días así que, Jesús, este es Jim reportándose'".

El padre, sintiéndose un tonto, le dijo a Jim que estaba bien y que era bienvenido a la Iglesia cuando quisiera.

El sacerdote se arrodilló ante el altar, sintió derretirse su corazón con el gran calor del amor y encontró a Jesús.

Mientras lágrimas corrían por sus mejillas, en su corazón repetía la plegaria de Jim: "*sólo vine para decirte, señor, cuán feliz fui desde que te encontré a través de mis semejantes y me liberaste de mis pecados... no sé muy bien cómo rezar, pero pienso en ti todos los días... así que Jesús, soy yo reportándome*".

Cierto día el sacerdote notó que el viejo Jim no había venido. Los días siguieron pasando sin que Jim volviese para rezar. Continuaba ausente, por lo que el Padre comenzó a preocuparse, hasta que un día fue a la fábrica a preguntar por él; allí le dijeron que él estaba enfermo, que pese a que los médicos estaban muy preocupados por su estado, todavía creían que tenía una posibilidad de sobrevivir.

La semana que Jim estuvo en el hospital trajo muchos cambios, él sonreía todo el tiempo y su alegría era contagiosa. La Jefa de enfermeras no podía entender por qué Jim estaba tan feliz, ya que nunca había recibido ni flores, ni tarjetas, ni visitas. El sacerdote se acercó al lecho de Jim con la enfermera y ésta le dijo, mientras Jim escuchaba: "Ningún amigo ha venido a visitarlo, él no tiene a dónde recurrir".

Sorprendido, el viejo Jim dijo con una sonrisa: La enfermera está equivocada... pues ella no puede saber que *todos los días*, desde que llegué aquí, a *mediodía*, un querido amigo mío viene, se sienta aquí en la cama, me agarra de las manos, se inclina sobre mí y me dice: "*sólo vine para decirte, Jim, cuán feliz fui desde que encontré tu amistad y te liberé de tus pecados. Siempre me gustó oír tus plegarias, pienso en ti cada día... así que Jim, este es Jesús reportándose*".

SI UN NIÑO...

Si un niño vive criticado...
aprende a condenar.

Si un niño vive en un ambiente de hostilidad... aprende a pelear.

Si un niño vive avergonzado...
aprende a sentirse culpable.

Si un niño vive con tolerancia...
aprende a ser paciente.

Si un niño vive estimulado...
aprende a confiar en sí mismo.

Si un niño vive apreciado...
aprende a apreciar.

Si un niño vive en un ambiente de equidad y justicia...
aprende a ser justo.

Si un niño vive sintiendo seguridad...
aprende a tener fe.

Si un niño vive con aprobación...
aprende a quererse y a estimarse.

Si un niño vive atemorizado y ridiculizado...
aprende a ser tímido.

Si un niño vive compadecido...
aprende a tener lástima.

Si un niño vive donde hay celos...
aprende a sentirse culpable.

Si un niño vive elogiado...
aprende a apreciar.

Si un niño vive con reconocimiento...
aprende a tener buena meta.

Si un niño vive en un ambiente de honradez...
aprende a ser honrado y a conocer la verdad.

Si un niño vive amado...
aprende a amar a los que lo rodean.

Si un niño vive en un ambiente de amistad...
aprende que el mundo es un lugar agradable para vivir... y lo más importante es que va a contribuir a hacer
de éste, un mundo ideal.

EL SACO DE PLUMAS

Cuentan que una vez hubo un hombre, que consumido por la envidia ante los éxitos de su amigo, le calumnió grandemente.

Tiempo después se arrepintió de la ruina que había ocasionado a su amigo con sus calumnias, y fue a confesarse.

Ya una vez en el confesionario y después de haber confesado su pecado, el cual fue grave y estaba en contra del séptimo Mandamiento, como le dijo el confesor: "Pues usted le ha robado a su amigo, el valor más grande que una persona tiene ante la sociedad, como son su dignidad, su reputación, su derecho a la buena fama", y contra el octavo Mandamiento: "Pues lo que usted dijo de él son solo calumnias", el hombre avergonzado le preguntó al sacerdote: "¿Cómo puedo reparar todo el mal que he hecho a mi amigo?. ¿Qué puedo hacer?". A lo que el sacerdote le respondió: "Tome un saco llena de plumas y suéltelas por donde quiera que vaya. Y una vez que lo haya hecho, vuelva. Y que Dios le acompañe".

El hombre, muy contento ante aquel mandato tan fácil, salió rápido fuera de la ciudad en busca de una granja, y una vez conseguido el saco lleno de plumas, regresó a ella, y sin esperar ni un minuto más, empezó a pasearse por las calles lanzando al aire, en todas direcciones, las plumas que llevaba en el saco. Y una vez vaciado todo el saco, volvió a la Iglesia en busca del sacerdote con el que se había confesado y lleno de satisfacción le dijo: "Padre: ya he hecho lo que me mandó esta mañana".

Pero se sorprendió cuando el sacerdote le dijo: "No hijo, esa es la parte más fácil. Ahora debe volver a las mismas calles en las que las soltó, e ir recogiéndolas una por una, hasta que vuelva a tener el saco lleno, y luego regrese a verme. Vaya y que Dios le acompañe".

El hombre se sintió muy triste, pues sabía lo que eso significaba. Y por más empeño que puso no pudo juntar casi ninguna.

Al volver a la Iglesia al día siguiente, se lo explicó al sacerdote con una profunda pena y un verdadero arrepentimiento, pero éste le dijo: "Así como no pudo juntar las plumas que usted soltó porque se las llevó el viento, así mismo la calumnia que usted lanzó contra su amigo, voló de boca en boca y su amigo jamás podrá recuperar del todo la fama, la reputación que usted le quito".

"Lo único que usted puede hacer es pedirle perdón a su amigo, y hablar de nuevo con todas aquellas personas ante las que lo calumnió, diciéndoles las verdad, para reparar así en la medida de lo posible el daño que le ha causado a su amigo y para tratar de restituirle en la medida que pueda su fama y su reputación".

EL DÍA EN QUE ME VOLVÍ INVISIBLE

No sé a cómo estamos. En esta casa no hay calendarios, y en mi memoria los días están hechos una maraña.

Me acuerdo de esos calendarios grandes, unos primores, ilustrados con imágenes bellas y serenas que colgábamos al lado del tocador. Ya no hay nada de eso, todas las cosas antiguas han ido desapareciendo. Y yo, yo también me fui borrando sin que nadie se diera cuenta.

Primero me cambiaron de cuarto, pues la familia creció.

Después me pasaron a otra más pequeña aún, acompañada de una de mis biznietas. Ahora ocupo el cuarto de los trebejos, el que está en el patio de atrás. Prometieron cambiarle el vidrio roto de la ventana, pero se les olvidó, y todas las noches por allí se cuela un airecito helado que aumenta mis dolores reumáticos.

Desde hace mucho tiempo tenía intenciones de escribir, pero me he pasado semanas buscando una pluma, y cuando al fin la encontraba, yo misma volvía a olvidar en dónde la había puesto.

A mis años, las cosas se pierden fácilmente, claro que es una enfermedad de ellas, de las cosas, porque yo estoy segura de tenerlas, pero siempre se desaparecen.

La otra tarde caí en la cuenta de que también mi voz ha desaparecido.

Cuando les hablo a mis nietos o a mis hijos, no me contestan. Todos conversan sin mirarme, como si yo no estuviera con ellos, escuchando atenta lo que dicen.

A veces intervengo en la conversación, segura de que lo que voy a decirles no se le ha ocurrido a ninguno y que les van a servir de mucho mis consejos, pero no me oyen, no me miran, no me responden. Entonces, llena de tristeza, me retiro a mi cuarto antes de terminar de tomar la taza de café. Lo hago así de repente, para que comprendan que estoy enojada, para que se den cuenta de que me han ofendido y vengan a buscarme y me pidan disculpas.

Pero nadie viene.

El otro día les dije que cuando muriera entonces sí que me iban a extrañar. El niño más pequeño dijo: "¿Ah... es que tú estás viva, abuela?". Les cayó tan en gracia que no paraban de reír.

Tres días estuve llorando en mi cuarto, hasta que una mañana entró unos de los muchachos a sacar unas llantas viejas y ni los buenos días me dio.

Fue entonces cuando me convencí de que soy invisible.

Me paro en medio de la sala para ver si aunque sea estorbo, pero mi hija sigue barriendo sin tocarme. Los niños corren a mi alrededor, de un lado al otro, sin tropezar conmigo.

Cuando mi yerno se enfermó, tuve la oportunidad de serle útil: le llevé un té especial que yo misma preparé. Se lo puse en la mesita y me senté a esperar a que se lo tomara. Sólo que estaba viendo la televisión y ni un parpadeo me indicó que se daba cuenta de mi presencia. El té, poco a poco se fue enfriando. Mi corazón también.

Un viernes se alborotaron los niños y me vinieron a decir que al día siguiente nos iríamos todos de día de campo. Me puse muy contenta ¡Hacía tantos años que no salía, y menos al campo! Entonces el sábado fui la primera en levantarme. Quise arreglar mis cosas así que me tomé mi tiempo para no retrasarlos.

Al rato entraban y salían de la casa corriendo y echaban bolsas y juguetes al coche. Yo ya estaba lista y, muy alegre, me paré en el zaguán a esperarlos. Cuando arrancaron y el auto desapareció envuelto en el bullicio, comprendí que yo no estaba invitada, tal vez porque no cabía en el coche o porque mis pasos tan lentos impedirían que todos los demás correteáran a gusto por el bosque.

Sentí clarito cómo mi corazón se encogió. La barbilla me temblaba como cuando uno ya no aguanta las ganas de llorar.

Vivo con mi familia y cada día me hago más vieja, pero cosa curiosa, ya no cumplo años.

Nadie me lo recuerda. Todos están tan ocupados. Yo los entiendo, ellos sí hacen cosas importantes. Ríen, gritan, sueñan, lloran, se abrazan, se besan. Yo ya no sé a qué saben los besos. Antes besuqueaba a los chiquitos, era un gusto enorme el que daba tenerlos en mis brazos como si fuesen míos. Sentía su piel tiernita y su respiración dulzona muy cerca de mí. La vida nueva se me metía como un soplo y hasta me daba por cantar canciones de cuna que nunca creía recordar...

Pero un día mi nieta, que acababa de tener a su bebé, dijo que no era bueno que los ancianos besaran a los niños, por cuestiones de salud.

Ya no me les acerqué más, no fuera ser que les pasara algo malo a causa de mis imprudencias. ¡Tengo tanto miedo de contrariarlos!

Ojalá que el día de mañana, cuando ellos lleguen a viejos... Sigan teniendo esa unión entre ellos para que no sientan el frío ni los desaires. Que tengan la suficiente inteligencia para aceptar que sus vidas ya no cuentan, como me lo piden. Y Dios quiera que no se conviertan en "viejos sentimentales que todavía quieren llamar la atención".

Y que sus hijos no los hagan sentir como bultos para que el día de mañana no tengan que morirse estando muertos desde antes... como yo.

LAS SIETE MARAVILLAS DEL MUNDO

A un grupo de estudiantes de escuela primaria se les pidió que listaran lo que ellos pensaban eran las "Siete maravillas del Mundo moderno o actuales". A pesar de ciertas diferencias, los siguientes fueron los que más votos recibieron:

1. Las Pirámides de Egipto
2. El Taj Mahal
3. El Gran Cañón del Colorado
4. El Canal de Panamá
5. El Edificio Empire State
6. La Basílica de San Pedro
7. La Gran Muralla China

Mientras contaba los votos, la maestra notó que había una niña que no había terminado de listar sus sugerencias.

Así que le preguntó si estaba teniendo problemas con su lista, a lo que la niña respondió:

–Sí, un poquito. No puedo terminar de decidirme pues hay muchas.

La maestra entonces le dijo:

–Bueno, léenos lo que tienes hasta ahora y a lo mejor te podemos ayudar.

La niña lo pensó un instante, pero luego leyó:

—Yo pienso que las siete maravillas del mundo son:

1. Poder ver...
2. Poder oir...
3. Poder tocar...
4. Poder probar...
5. Poder sentir...
6. Poder reir...
7. Y poder amar.

El salón se silenció a tal punto que si se hubiera caído un alfiler, se hubiera escuchado.

Las cosas simples y ordinarias y que nosotros solemos considerar como normales, son sencillamente ¡maravillosas!

Las cosas más preciadas de la vida, no se pueden construir con la mano ni se pueden comprar con dinero... por eso, recuerda una y otra vez, cuales son las verdaderas siete verdaderas maravillas del mundo.

NO ESTÁS DEPRIMIDO, ESTÁS DISTRAÍDO

No estás deprimido, estás distraído, distraído de la vida que te puebla. Distraído de la vida que te rodea: delfines, bosques, mares, montañas, ríos.

No caigas en lo que cayó tu hermano, que sufre por un ser humano cuando en el mundo hay 6,000 millones.

Además, no es tan malo vivir solo. Yo la paso bien, decidiendo a cada instante lo que quiero hacer, y gracias a la soledad me conozco; algo fundamental para vivir.

No caigas en lo que cayó tu padre, que se siente viejo porque tiene 70 años, olvidando que Moisés dirigía el éxodo a los 80 y Rubistein interpretaba como nadie a Chopin a los 90. Por tan sólo citar dos casos conocidos.

No estás deprimido, estás distraído, por eso crees que perdiste algo, lo que es imposible, porque todo te fue dado. No hiciste ni un sólo pelo de tu cabeza por lo tanto no puedes ser dueño de nada.

Además la vida no te quita cosas, te libera de cosas. Te aliviana para que vueles más alto, para que alcances la plenitud. De la cuna a la tumba es una escuela, por eso lo que llamas problemas son lecciones. No perdiste a nadie, el que murió simplemente se nos adelantó, porque para allá vamos todos. Además lo mejor de él, el amor, sigue en tu corazón. ¿Quién podría decir que Jesús está muerto? No hay muerte: hay mudanza. Y del otro lado te espera gente maravillosa: Gandhi, Miguel Ángel, Whitman, San Agustín, la Madre Teresa, tu abuela y mi madre, que creía que la pobreza está más cerca del amor, porque el dinero nos distrae con demasiadas cosas, y nos aleja por que nos hace desconfiados.

Haz sólo lo que amas y serás feliz, y el que hace lo que ama, está benditamente condenado al éxito, que llegará cuando deba llegar, porque lo que debe ser será, y llegará naturalmente.

No hagas nada por obligación ni por compromiso, sino por amor. Entonces habrá plenitud, y en esa plenitud todo es posible. Y sin esfuerzo porque te mueve la fuerza natural de la vida, la que me levantó cuando se cayó el avión con mi mujer y mi hija; la que me mantuvo vivo cuando los médicos me habían diagnosticado solo tres ó cuatro meses de vida. Dios te puso un ser humano a cargo, y eres tú mismo. A ti debes hacerte libre y feliz, después podrás compartir la vida verdadera con los demás. Recuerda a Jesús: "Amarás al prójimo como a ti mismo".

Reconcíliate contigo, ponte frente al espejo y piensa que esa criatura que estás viendo es obra de Dios; y decide ahora mismo ser feliz porque la felicidad es una adquisición.

Además, la felicidad no es un derecho sino un deber porque si no eres feliz, estás amargando a todo el mundo.

Un sólo hombre que no tuvo ni talento ni valor para vivir, mando matar seis millones de hermanos judíos. Hay tantas cosas para gozar y nuestro paso por la tierra es tan corto, que sufrir es una pérdida de tiempo. Tenemos para gozar la nieve del invierno y las flores de la primavera, el chocolate de la Perusa, la baguette francesa, los tacos mexicanos, el vino chileno, los mares y los ríos, el fútbol de los brasileros, Las Mil y Una Noches, la Divina Comedia, el Quijote, el Pedro Páramo, los boleros de Manzanero y las obras maestras de Whitman, Mäiller, Mozart, Chopin, Beethoven, Caraballo, Rembrandt, Velásquez, Picasso y Tamayo, entre tantas maravillas.

Y si tienes cáncer o SIDA, pueden pasar dos cosas y las dos son buenas; si te gana, te libera del cuerpo que es tan molesto: tengo hambre, tengo frío, tengo sueño, tengo ganas, tengo razón, tengo dudas... y si le ganas, serás más humilde, más agradecido, por lo tanto, fácilmente feliz. Libre del tremendo peso de la culpa, la responsabilidad, y la vanidad, dispuesto a vivir cada instante profundamente como debe ser.

No estás deprimido, estás desocupado. Ayuda al niño que te necesita, ese niño será socio de tu hijo. Ayuda a los viejos, y los jóvenes te ayudarán cuando lo seas. Además el servicio es una felicidad segura, como gozar a la naturaleza y cuidarla para el que vendrá. Da sin medida y te darán sin medidas.

Ama hasta convertirte en lo amado, más aún hasta convertirte en el mismísimo amor. Y que no te confundan unos pocos homicidas y suicidas, el bien es mayoría pero no se nota porque es silencioso, una bomba hace más ruido que una caricia, pero por cada bomba que le destruyan hay millones de caricias, que alimentan la vida.

Facundo Cabral

LOS DOS ENFERMOS

Dos hombres, ambos muy enfermos, ocupaban la misma habitación de un hospital. A uno se le permitía sentarse en su cama cada tarde durante una hora, para ayudarle a drenar el líquido de sus pulmones. Su cama daba a la única ventana de la habitación. El otro hombre tenía que estar todo el tiempo boca arriba.

Los dos charlaban durante horas. Hablaban de sus mujeres y sus familias, sus hogares, sus trabajos, su estancia en el servicio militar, a dónde habían viajado y los diferentes lugares que habían conocido y cada tarde, cuando el hombre de la cama junto a la ventana podía sentarse, pasaba el tiempo describiendo a su vecino todas las cosas que podía ver desde la ventana.

El hombre de la otra cama empezó a desear que llegaran esas horas, en que su mundo se ensanchaba y cobraba vida con todas las actividades y colores del mundo exterior.

La ventana daba a un parque con un precioso lago. Patos y cisnes jugaban en el agua, mientras los niños lo hacían con sus cometas. Los jóvenes enamorados paseaban de la mano, entre flores de todos los colores del arco iris. Grandes árboles adornaban el paisaje, y se podía ver en la distancia una bella vista de la línea de la ciudad.

Según el hombre de la ventana describía todo esto con detalle exquisito, el hombre del otro lado de la habitación cerraba los ojos y podía imaginar claramente todo lo que sucedía fuera del hospital.

Una tarde calurosa, el hombre de la ventana describió un desfile que estaba pasando. Aunque el otro hombre no podía oír a la banda, podía verlo, con los ojos de su mente, exactamente como lo describía el hombre de la ventana con sus mágicas palabras.

Pasaron días y semanas. Una mañana, la enfermera de día entró con el agua para bañarles, encontrándose el cuerpo sin vida del hombre de la ventana, que había muerto plácidamente mientras dormía. Se llenó de pesar y llamó a los ayudantes del hospital, para llevarse el cuerpo.

Tan pronto como lo consideró apropiado, el otro hombre pidió ser trasladado a la cama al lado de la ventana. La enfermera le cambió encantada y, tras asegurarse de que estaba cómodo, salió de la habitación.

Lentamente, y con dificultad, el hombre se irguió sobre sus codos, para lanzar su primera mirada al mundo exterior; por fin tendría la alegría de verlo él mismo. Se esforzó para girarse despacio y mirar por la ventana al lado de la cama… cual fue su sorpresa cuando se encontró con una pared blanca.

El hombre preguntó a la enfermera qué podría haber motivado a su compañero muerto para describir tantas cosas tan maravillosas a través de la ventana. La enfermera le dijo que el hombre era ciego y que no habría podido ver ni la pared, y le indicó: "Quizás sólo quería animarle a usted".

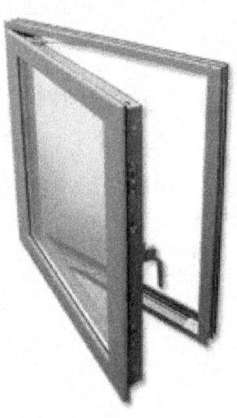

No cabe duda que el tratar de hacer felices a los demás, sin importar la situación, es una de las mayores satisfacciones que podemos tener. El dolor compartido es la simplemente la mitad de una pena, pero la felicidad cuando se comparte se multiplica. Si quieres sentirte más rico que un millonario, simplemente cuenta todas las cosas que tienes y que el dinero no puede comprar: tu salud, tu familia, tu libertad. Recuerda: "*Hoy*" es un regalo por eso se le llama "*Presente*".

EL CHALECO SALVAVIDAS

El pequeño Carlitos asistía a la primaria y la maestra les encargó una tarea: "quiero que investiguen qué es la fe en Dios".

Intrigado, de regreso a casa le preguntó a su tío

–¿Tío, qué es la fe en Dios? Me la dejaron de tarea en la escuela.

Con una amplia sonrisa, su tío le respondió:

–¿En verdad quieres saber lo que es la fe en Dios?.

–Si –respondió Carlitos.

–Bien, vamos a la playa y te lo enseñaré.

Carlitos vivía en las paradisíacas playas de Cancún. Una vez que llegaron, le dio un chaleco salvavidas.

–Pero yo no sé nadar –dijo Carlitos.

–Lo sé –le dijo el tío–, póntelo de todas maneras.

–Ahora, comienza a caminar hacia el mar de espaldas. Llegará un momento en el que sentirás que tus pies no tocan tierra. Déjate ir y arrójate de espaldas. No te hundirás, ya que el chaleco te hará flotar.

Carlitos estaba aterrado

–No tío, no quiero.

–¡No temas, hazlo! –le respondió–, estaré junto a ti. Así que quédate tranquilo.

Carlitos confió en su tío. Mientras caminaba de espaldas llegó un momento en el que sintió que no tocaba la arena. Dudó. Pero recordó las palabras de su tío, aparte de que lo tenía cerca.

En un acto de valor, dio el siguiente paso ¡Ya no tocaba mas el fondo! Sin embargo, flotó en el mar gracias al chaleco. Se sintió emocionado ante la experiencia y feliz.

Ambos salieron del mar. Camino a casa, su tío le explico:

–En esto consiste la fe en Dios: el mar representó la vida. Yo representé a Dios y el chaleco representó la fe. Cuando te adentres en el mar de la vida y sientas que la lógica no puede ayudarte a salir a flote de tus problemas, hasta perder el piso, debes creer que el chaleco de la fe te salvará. Dios estará siempre cerca de ti, pero depende enteramente de ti de que te atrevas a dar el primer paso de confiar en Él, vistiéndote con el chaleco de la fe y arrojándote con él, para que puedas flotar en el mar de la vida con total paz y tranquilidad.

Conferencias y presentaciones del Autor

José María Ventura además de ser escritor y asesor empresarial, es también conferencista y motivador
en las áreas de:

- Superación Personal y Familiar.
- Liderazgo.
- Estrategias de venta y mercadotecnia.
- Autoestima y renovación de valores.
- Asesoría a empresarios y dueños de negocios.
- Capacitación, entrenamiento y motivación de negocios de multinivel.

Para información y contratación para su próximo evento visite:

www.PilaresdelaExcelencia.com

Otras Obras de la editorial

Un Regalo para el Alma 2, *José María Ventura.*

Este segundo libro continúa tu jornada hacia la conquista de tus sueños y metas. Nuevas narraciones, anécdotas y pensamientos que te inspirarán y motivarán a alcanzar tus metas. (Contiene ilustraciones). Incluye clásicos como "El abrazo del oso" y "Desiderata" entre muchos otros.

Un Regalo para el Alma 3, *José María Ventura.*

Tercer libro en la exitosa serie, con más narraciones, anécdotas y pensamientos que te inspirarán y motivarán a alcanzar tus metas. (Contiene ilustraciones). Incluye clásicos como "En vida, hermano en vida" y "Huellas" este libro te motivará y hará reflexionar, y así te llenará de entusiasmo para luchar por conquistar tus sueños.

Pilares de la Excelencia, *José María Ventura*

Todos poseemos todo lo necesario para cambiar y mejorar nuestras vidas. Pero el primer paso es estar convencidos de que lo podemos hacer. Este libro te presenta los 10 Pilares de la Excelencia; al conocerlos y ponerlos en práctica, lograrás no sólo el éxito que te propongas, sino que trascenderás hacia la excelencia obteniendo una vida más plena y feliz.

33,000 Nombres para Bebé

Compendio de los nombres más populares. Descubra el origen y significado de más de 33,000 nombres de origen Italiano, Latín, Hebreo, Griego, Germano, Árabe, Inglés, Castellano, Francés; así como nombres menos comunes de origen Maya, Tarasco, Inca, Azteca y Náhuatl.

Nuevo Diccionario de los Sueños

Todos recibimos mensajes en nuestros sueños, estos mensajes nos ayudan a tomar decisiones, nos previenen de situaciones negativas o peligrosas y nos comunican mensajes divinos. Este es un libro práctico y completo que le ayudará a interpretar más de 2,000 sueños.

200 Poemas de Amor Vol 1
Colección de oro de los más famosos autores

Una selección de las más bellas poesías de amor de todos los tiempos. Incluye poemas de: Pablo Neruda, Amado Nervo, Rubén Darío, Gabriela Mistral, Gustavo A. Bécquer, Federico García Lorca, Antonio Machado, Mario Benedetti y Juan Ramón Jiménez entre otros.

Como un hombre piensa, así es su vida, *James Allen*

Esta obra ha sido traducida a más de cincuenta idiomas y ha cambiado la vida de millones de lectores. En ella, el autor plantea la idea de que nuestros pensamientos son las semillas de aquello que más tarde fructificará en nuestras vidas. Este libro ha influenciado e inspirado poderosamente a un sinnúmero de escritores y motivadores famosos, entre ellos: Norman Vincent Peale, Brian Tracy, Mark Victor Hansen, Denis Waitley, Anthony Robbins y Og Mandino. Este libro es una joya de ética, virtud y responsabilidad personal.

La Ciencia de Hacerse Rico, *Wallace D. Wattles*

Es un libro práctico para conseguir el éxito y la prosperidad en la vida mediante un cambio de actitud y un desarrollo personal. ¿Piensas que la obtención de la riqueza es una ciencia exacta, como las matemáticas y la física? ¿Existen leyes y principios que, si los sigues al pie de la letra, podrán garantizar tu éxito? Y si es así ¿Dónde está la evidencia de todo esto? El autor tiene las respuestas a todas estas preguntas. Si estás listo para abandonar las excusas y comenzar tu jornada hacia la riqueza y la prosperidad, este es el libro que habías estado buscando.

De la Pobreza a la Riqueza, *James Allen*

Deja por un momento toda concepción e idea que tengas acerca de la riqueza como un sinónimo de fortunas, poder e influencia. Al estudiar y poner en práctica los conocimientos y principios que se tratan en este libro, llegarás definitivamente a ganar más dinero y obtener cosas materiales. La diferencia es que no solo tendrás riqueza exterior, sino que tu poder interior, tu serenidad infinita, tu bondad y amor eterno, serán también parte de ti, y eso es lo más importante. ¿Estás listo para experimentar este cambio?

Acres de Diamante, *Russell H. Conwel*

Esta conferencia se ha convertido en un modelo de la psicología moderna y sigue siendo la conferencia más popular que he ofrecido en los cincuenta y siete años de vida pública. Los "Acres de Diamantes" que he mencionado a través de tantos años se encuentran en cualquier país, ciudad o pueblo donde usted viva, y descubrirlos es responsabilidad de cada uno de nosotros. Muchas personas ya los han descubierto, y los éxitos que han logrado aprendiendo y poniendo en práctica estos conocimientos, cualquier otro ser humano lo puede hacer.

www.ingramcontent.com/pod-product-compliance
Lightning Source LLC
Chambersburg PA
CBHW070022260626
47159CB00005B/1923